三民叢刊184

新詩論

許世旭 著

三民書局印行

中國文學是叔伯的臉孔（代序）

許世旭

我讀日制小學的時候，父親當我家教，每次下課回家，命我跪坐，然後每天教我幾個漢字，就是「千字文」，但學起來太難太難，偶爾父親談起中國、有關唐人的故事，聽來雖不熟悉，但並不煩厭，只是覺得渺茫。後來日籍老師，指著毗鄰韓國西北的那海棠葉般的廣闊空間說「支那」、「支那人」，我覺得莫名其妙，為何叫唐人，又為何叫支那人？但我不知不覺地傾慕我父親說起「唐人」時那種望梅止渴的眼神，而懷恨日本老師說起「支那人」時那種揶揄的嘴臉。

後來，步上初中三年級的時候，國文課本裡讀到了一篇〈北平印象〉，那巍峨壯麗的樓閣，那飛翹沖天的屋簷，還有那神采奕奕的石獅等，但更迷人的是北平古老的小街上賣吃食的小販吆喝的聲音和隨便任何一個也是歷史陳跡的琉璃廠的骨董。

我的命運，似乎早有安排，而一九五〇年韓戰爆發，兵荒馬亂，大家妻散子離的時候，先父命我棄學，叫我潛伏故里，並設私塾於我家的西廂，從此我邊聽砲火彈雨，邊念中國古書，四書五經之類。但讀聲琅琅不起來，在案前始終不起勁，因為還在埋怨先父這種強迫性的措施。讀了兩年多的私塾，令人最神氣的是每逢春秋月夜，背誦唐詩宋詞，在院子徘徊。

然後考上了韓國外語大學的中文系，開始念ㄅㄆㄇ，當然學的是「你去，我來」，再步上一級，天天喃喃著「之乎者也」，再步上一級，諸子各說，能來一二句，但有一天學到了古今詩歌，霎時觸電似地呆若木雞，不過我究竟發現了一條路，中國詩歌，無論新舊，是一座甘泉，若不掬飲，口渴神焦。妙的是讀她的時候，全身燙熱；胸膛裡滾的是慷慨，腦筋裡亮的是妙語，而眼簾裡現的是小橋流水人家與天蒼蒼、野茫茫的風光，還有更令人嚮往的是古鎮上算命的鑼聲與紹興陳年的女兒紅等。

原來我們的祖先，遠從雅爾泰山東移的時候，到了戈壁沙漠才分手握別，老兄往南走，老弟往東跑，跑到朝鮮半島，再沒有地方可走，只好定居，並日耕夜息，而老兄在大平原，戴著皮帽，趕著馬車，鑿了三千年的地，難怪你我都黃橙色的，我們相逢，可以拍拍肩膀，原來你是叔伯的臉孔。

後來，我終於擔簦躡屐，渡洋南下，從師於寶島，開始留學生涯，來臺灣的第二年起拿起中文的筆桿，厚著臉皮地參加了中國文學的行列，至今快要四十年。快四十年來，中國學府給我戴了兩頂帽子，中國詩友們送我「老許」這個綽號，楚戈戲稱我的邀宴說「韓援」，瘂弦形容我說「唐人之臉」，良有以也。

現在，如果我跟中國文學在一起，不必哈囉了，已經是叔伯的距離，如果跟著捉迷藏，我會腳步輕輕的來，抓住她的裙子，而她在風雲花月裡，也在大街小巷，但真正的面目則在頑強的沈默與縹緲的神韻裡。因為這快四十年來，我的很多話，也是讀完一篇中文詩，或者送完一位中國朋友之後，才冉冉想起來的。

新詩論　目次

比較研究

專論中國新詩

中國詩人，必須中國

中國是一向以詩作為文學的源流、主流、精華。由於她廣闊的空間、眾多的人民、悠久的詩史、苦難的經驗，更可以斷定上述的歷史意義，尤其近一百年來的波折，卻使中國成為詩的時代，時代本身富有詩的題材、詩的動機。

中國新詩的歷史，已過八十，經過了八十多年的種植、實驗、辯論、推廣，不僅取代了中國舊詩的地位，並且步入了中國文學的正統，正邁進欣欣向榮的時期。

但中國新詩的生長，靠三分自己的歷史進化，靠四分外來的影響，再靠三分自己的革命與運動，才能帶到今天的廣場。就是說並不完全出乎其外，成乎其內的。

再加上中國新詩剛剛崛起，便遇到政治氣流，一直坎坷不平，還沒有托根盤節的時候，就受到意識的干擾，曾流為政治的工具，時稱為「槍桿詩」、「街頭詩」、「豆腐乾詩」、「方塊詩」等，這是一種不幸的障礙。遠從二〇年代末期，「為人生而藝術」的詩，被「為社會而藝術」的詩攪亂之後，政治便不斷侵襲文藝，文藝便強烈掙扎，這兩者時或反覆衝突，時或並存，就如：政治上的收和放，傳統上的縱與橫，色彩上的明朗與朦朧，形式上的自由與格律，語言上的文與白，技巧上的西與中，題材上的田園與城市，風格上的豪放與婉約，思想上的虛無與積極，內容上的小我與大我，情緒上的歡樂與憂傷，地理上的鄉土與大中國等。

一九五〇年前後，由於中華民國政府的遷臺，詩壇也隨著分成海峽兩岸。臺灣的新詩，曾經過五〇年代的戰鬥意識與鄉愁，六〇年代的創新與孤絕氣氛，七〇年代的鄉土與自覺論爭之後，八〇年代才傾向著融會變化與回歸傳統；大陸的新詩，曾經過五〇年代的歌頌，六〇年代的黑線時期，七〇年代末期崛起的朦朧詩潮，八〇年代才呈現著浪漫與現實的結合現象，但由於馬列主義文藝理論的框架，未及大膽突破。

但大陸與臺灣的新詩發展，並不是沒有互相關係，儘管說詩的思想性迥有不同，而臺灣六〇年代的現代主義是大陸三〇年代的延續發展，且說臺灣七〇年代的散文化是大陸四〇年代愛國詩的再現，還有大陸這六、七年來的朦朧詩是大陸三〇年代的再現，也是臺灣六〇年代的轉移現象。總而言之，臺灣的三十多年，一向重視詩的本質，以多求詩的藝術化；大陸的三十多年，一向重視詩的功能，以多求詩的社會化，但不能說千篇一律。臺灣十年來，漸漸增加的是長篇敘事，自然難免技巧上的散文化與內容上的社會化現象。這樣一來恐怕會影響詩的藝術性，或者喪失自我。大陸這幾年來，卻出現了突破景象，使人抱著希望，而所謂朦朧並不朦朧，政治抒情詩，偶爾從民歌與古典詩的基礎上唱歌，但多半仍未擺脫四行格律的豆腐乾之類的工農兵題材。

目前共同的憂慮，是過分的散文化與社會化。

今天的現代詩，雖然放棄了格律，而並不表示放棄任何形式，而起碼需要疾徐有致、抑揚頓挫的聲調，而且她的章法句法，可以散，而必須經過適當的結構，使她和諧，她的語言，可以淺白，而必須意象化，這樣才能使人感受某種美感。詩，還是詩。詩必須與散文、小說、戲劇、報導等不同才對。

詩，自古以來表現自我，反映時代，而且她的作業是特立獨行。一個詩人，能夠寫出真詩、好詩的話，筆下自然融會小我和大我，換句話說，能夠寫出個人的，同樣能夠寫出時代的。我承認寫敘事詩、新聞詩、參與詩之必要，但必須經過藝術的方法，你不震撼人心，當然沒辦法登上詩的行列。我承認一個詩人可以寫出人民，而不必與人民群眾先結合，更不必為了某種需要或者目的而製造，反正，藝術不是敘述，自然不是口號，不是宣傳。

一個人面臨歧途，只好回顧既往的路，才能正確地摸索該走的路，這也就是繼往開來；尤其中國本身擁有輝煌悠久的詩史，傳承之間，更應如此。

翻開中國詩史、詩論，就易發現下列最基本的詩觀。即以「詩言志」作為原論，再以「賦、比、興」作為技巧要諦，再以「興、觀、群、怨」作為詩的功能，再以「氣韻」、「境界」作為藝術的深度，再以「文氣」作為自然的韻律的了。這些老調，換成現代名詞的話，相當於抒情詩說、詩之描繪、比喻、聯想、暗示手法、詩之審美機能、評判機能、鼓舞機能、詠嘆機能、美感效果、自然節奏等說法。這兒不可缺少的是真摯的情感、藝術的方法、詩的境界、自然的韻律。

作為現代詩人，必須現代，作為中國詩人，必須中國，而且作為詩人，必須藝術。讓我們一齊祝福中國新詩的光明前途。

中國歷代白話詩與新詩之縱承關係

這是中國新詩為了找回自己傳統，並與傳統結合，也是說為了她的「歸宗」，而探求線索於傳統文學的工作。如果能夠探索新詩的直接或間接的來源於傳統詩的話，非常「歸宗」，如果找不到可以歸宗的線索，也同樣有其探索的必要。

我是曾經寫過中國舊詩，並研究過中國古典詩，現在回到新詩的領域來寫她，並研究她，而現在這個題目從中國文學史的視覺整理，再加以推溯到舊詩的方法來探索。

目前中國的新詩，經過八十多年的嘗試移植、培養、熔合的過程，已經扎根，深入民眾，但一般人尤其是厚古薄今的人，視新詩為舶來品或者惡性西化、無根之惡花，以為是「橫的移植」，似乎視為中國傳統詩之孽子。另一方面厚今薄古的人視舊詩為枷鎖鐐銬，或者視為古董、風月之框子。結果新舊之間，便有互相排斥。

不過從整體的角度比較新舊的話，除了體裁、格律、文法上的差異之外，就其主題、素材、風格、審美方法、言語等角度而言，發現很多傳承與脫胎更新再鑄的地方，譬如：古代詩歌之頻出主題有如：惜時、相思、懷古、悲秋、春恨、思鄉、黍離、生死、仕隱、山水、性理、譏諷等十幾種，如果用這種標準看新詩的話，今天新詩的三分之二，都不會超出上列的主題範圍。中國舊詩之風格與境界，應以豪放、含蓄、飄逸等作為代表，就與法國之高華、英國之深沉、俄國之粗豪、美國之廣闊、日本之機智、韓國之愁恨等可以比較，今天新詩的風格，仍是豪放、含蓄、飄逸等性格。

中國的舊詩發展有兩條路，一則入樂，另一則不入樂，一則齊言詩，另一則參差長短詩。入樂者係樂府與詞曲，不入樂者係古詩與律詩，也叫徒詩清唱。中國舊詩，既然容許參差長短的楚辭、賦體、樂府、詞、曲、散曲、說唱、雜體詩等與不入樂的徒詩的話，這種精神與實在就與今天的新詩同質的。至於新詩，曾由聞一多、徐志摩、朱湘、馮至等追求格律，就是相體裁衣性的自由格律，至少要她保持節奏。

新舊詩之語言，雖然有嚴謹與鬆散、具體與概念、意象與抽象之分別，但互有交替現象，如舊詩有散文化，新詩有復古化的現象。

從新舊詩大體的比較，原則上獲得了縱承的現象之後，先應該分析新詩「嘗試」當時的內外變因。

中國新詩，第一次出現在雜誌上的是一九一八年一月於《新青年》所發表的胡適、沈尹默等的〈白話詩九首〉。儘管早於丙申、丁酉（一八九六～一八九七）之間先由夏曾佑、梁啟超、譚嗣同等提倡「新詩」，但他們所倡導的是「新學之詩」，就在思想內容上追求思想解放，宛如他們在散文裡主「新體文」一樣。再於一九〇七年由魯迅發表〈摩羅詩力說〉，再於一九〇九年由柳亞子等創立「南社」等，均屬介紹並提倡西方浪漫詩與擺脫詩教。再於一九一六年二月又由胡適所寫之〈詩界革命的方法〉（〈答任叔永書〉）中所主張之三個條件（如：須言之有物、須講求文法、當用文之文字，不可故意避之）與他於第二年所主張「文字改良芻議」一樣。

五四「白話詩」運動，可分三個階段，其一是嘗試期，從一九一八年到一九二一年《女神》出現為止，其二是從《女神》到一九二五年輸入「象徵主義」為止，其三是從國共分裂之一九二六年到抗戰開始。第一時期，可謂嘗試期，當時詩歌僅僅廢棄舊詩規律，而實際上尚未脫開舊詩之音節，第二時期可謂無韻詩時期，也是白話詩變質時期，當時詩歌上已有日本、印度之俳句、短歌，還有法國之象徵主義剛開始進來，引起影響，其變質現象顯著增加的時期。

白話詩「嘗試期」之詩作與詩論的主要變貌與主張是國語的韻文與詩體的解放，等於說傳統的白話詩或者參差的長短句的變體，決不能說是揚棄傳統。他們（胡適、沈尹默、劉半農、傅斯年、俞平伯、康白情等）的作品，或擬山歌、或擬古樂府、或取民歌、或取新樂府，幾乎是短短幾行，又押韻，又多用雙聲疊韻，簡直是舊詩詞之脫胎，這一點他們自己也承認。其實他們的觀念裡來往新、舊之間，如：沈尹默、康白情、劉半農、王統照、俞平伯等後來棄白話詩不寫或者並從新舊，甚至最嫌棄律詩的胡適也容許「文之文字」。

還有胡適本身堅持文學的進化，以為今天的新詩，繼著中國韻文之五次革命（如：三百篇到騷賦，騷賦到五、七言，五、七言到律詩，律詩到詞，詞到曲）而來，就是說詩的進化，跟著詩體的進化而來，今天的新詩的語言是白話的，新詩的詩體是自由的、解放的，而且胡氏常用「白話詩」一語，共用在歷代的白話詩，和新詩，從此可以窺見他在白話詩與白話文學上結合新、舊的努力。

就胡適的進化說法中，有關進化的階段、進化的過程之看法，筆者沒辦法完全同意，但他的基本說法，應予肯定。儘管同意進化的說法，但今天的新詩不可能突然來，必有來源，為其索源先從歷代的白話詩，如：古樂府、新樂府、古詩、故事詩、打油詩、性理詩、譯經詩、民歌等探求是極為可能的途徑，因為歷代白話詩本身演變的過程中創下了與今天的新詩共通的現象，如：參差的結構、和諧的音節、質樸的語言、諷刺的邏輯、多樣活潑的思想等。

但她們白話詩，無論在形式或內容，也發現與新詩嚴重不同的地方。先從民歌說；民歌雖然參差，但她們並不打破拘束，她們重視腔調之餘，仍有一定的結構，譬如：「寶卷」和變文大同，係講唱的變相，「彈詞」也和變文大同，其唱詞以七字句為主，只是可以加三言襯字，「鼓詞」也和變文大同，其唱詞以十字句為主。至於內容也是，她們單純而變化少，譬如：「寶卷」，為其宣揚佛教，就以因果報應及佛道故事為主，偶而有所謂「雜卷」，但多為遊戲文章，「彈詞」者，才子佳人之愛情故事，篇篇冗長，「鼓詞」者多為鐵馬金戈事，至於馮夢龍所輯之〈掛枝兒〉、「山歌」之內容，才由男女情愛者占百分之九十，尤其「山歌」，幾乎是私情歌，又頹廢又色情，難怪曾被查禁。至於清代民歌，如〈霓裳續曲〉、〈白雪遺音〉者，也是男女相思，亦有色情，大多於酒樓、茶館、妓院等所唱的了。

民歌本身有她群眾性、娛樂性、赤裸性的特點，但仍然不附合於詩人的藝術要求；她的結構，沒辦法應付新詩的自由形式；她的內容，又偏又膚淺，也有不適之處。另外由詩人所寫之新、古樂府、古詩、禪詩、性理詩、散曲、故事詩、打油詩、田園詩等與民歌接觸之餘，又新鮮又彈性，甚具文學的民眾化、民歌的文人化的規律。詩人學習民歌，民歌侵潤文人詩的話，自然保持詩的格調與新鮮性，而且以中國語言的結構本身而言，句式的解放，必需白話化，語言的白話，必然帶來通俗化、大眾化的力量，並使詩歌免得僵化。

白居易於〈新樂府序〉中說「蓋無定句，句無定字，繫於意不繫於文」，這是針對齊言詩而言，其所以主新樂府的特色在用古體不採近體，不定句數字數，既可換韻，又可全面敘事，這種樂府歌行，大略與兩漢以來一三五七言、三五七言、三五六七言等雜言體相似，正是新詩「嘗試期」當時「自由成章，而沒有一定規律，切合自然音節，而不必拖著音韻，貴樸質而不講雕琢，以白話入詩而不尚用典」的前一步。

這樣一來，筆者以為今天新詩的形式，較近於民歌，但以今天新詩的形式內容雙面而言，就從古體的民間樂府與文人所寫之樂府、古詩吸收的更多。

最後還要順便闡明幾點，如：中國新詩的嘗試期，是並沒有揚棄傳統，又不明顯西化，頗示縱承傳統之意，而且她的革命性的確大，但比其唐宋當時以詞作為詩餘的情況，還算衝擊不大，因為中國詩整齊的格律，才開始變為長短的。

縱觀舊詩，白話入詩固然多，而長短參差的詩，自然白話多，但白話詩的結構，還受一定的限制，且其內容單純冗長，便不能說是今天新詩的直接來源，若說間接來源，卻是不錯的。尤以文學史的演變而言，八十多年前的變化，也不過是一連串的詩體變相或解放之一。最近十幾年來，新古典主義的跡象越來越顯著，這是借正統化、復古化的方法來提昇新詩藝術性的方法，那麼中國詩的血緣更可以找回的。

延伸與反撥

——重估臺灣五〇年代的新詩

一、前　言

五〇年代在臺灣來說，是一個激變的年代，正值國民政府遷臺的第一個十年，也是臺灣新詩離開母體，單獨蒙其考驗的第一個十年，即從國民政府撤退的中華民國三十八年（一九四九），直到臺灣新詩進入現代詩高潮的民國四十八年（一九五九）算起，不折不扣的十年。

這十年雖然由於兩岸激烈的敵對，造成言論限制、書籍查禁、防諜嚴密，再加上生活艱苦、情緒緊張等惡劣的環境，但臺灣的新詩，仍是融合了兩個球根，一個是光復後從大陸來臺的詩人帶來的新詩的球根，一個是臺灣日據時代所留下來的新詩的球根❶。並開始步趨，

---

❶ 林亨泰，〈從八〇年代回顧臺灣詩潮的演變〉，《世紀末偏航——八〇年代臺灣文學論》（臺北，時報出版公司，一九九〇、十二）

經過延伸、承繼、移植、培養、考驗、辯論、推廣等，短短十年之中，先後有《新詩週刊》、《詩誌》、《現代詩》、《藍星》、《創世紀》、《海鷗》、《南北笛》、《今日新詩》、《海洋詩刊》、《噴泉》、《新園地》等詩刊，已達十多種；還有一四三本個人詩集、七種詩選集、七種詩評論集問世❷，尤以《新詩週刊》、《現代詩》、《藍星》、《創世紀》等四種詩刊與《十年詩選》、《六十年代詩選》等兩種❸做為代表。

五〇年代在臺灣的新詩，不僅有分量的增多，其在題材、主題、風格、技巧上，也帶來了顯著又突出的變化，就如：早期的政治性、抒情、明朗、短小、呼喊的自由詩，變為後期的人生、主知、晦澀、長篇、思維的現代詩，總之這十年在延伸與反動的力量交錯當中，形成多樣多面的結果。今天中國新詩，能夠在臺灣欣欣向榮的原因與基礎，就是在五〇年代。不僅值得重視，且該寫入文學史。

---

❷ 上述統計，引自林煥彰編，《近三十年新詩書目》（臺北，書評書目出版社，一九七六、二），但至於個人詩集統計另有說法，如：向明於〈五〇年代現代詩的回顧與省思〉（臺北，《文星》，一三六期，一九八八、一）中說一八〇本，其中包括六本詩選。

❸ 兩種詩選，分別於一九六〇年五月與一九六一年一月發行，但其收錄詩作，幾乎是五〇年代作品。

二、既往對五〇年代新詩之論評

為了探索五〇年代整體的投影，注意分析六〇年代早期的詩刊，如：《野火》（一九六二、五創刊）、《葡萄園》（一九六二、七創刊）等標榜之社論或主張，也是一個辦法。《葡萄園》的〈創刊詞〉中，表明創刊的意義放在現代詩的明朗化與普及化，且以紀弦的一篇論述〈回到自由詩的安全地帶來吧〉助陣；還有《野火》三期（一九六二、八）中，由該雜誌主編綠蒂相當於社論的〈再論現代詩〉一文中，明白指出「今日的現代詩，所以沒有廣大的影響，主要是由於詩的表現太晦澀太迷離。」

從而知道五〇年代已有現代詩，而且影響人家覺得晦澀迷離，她們兩家刊物也就是針對現代詩的弊害而辨的。這是五〇年代的新詩，已經被現代主義風靡了一陣子的證據。

據既往的評者論及五〇年代的新詩，幾乎齊聲說「政治抒情詩」的年代，有人說「反共愛國愛族詩」的年代[4]或者說「反共詩」的年代[5]，或者說「充滿反共精神的戰鬥文藝」的

[4] 周伯乃，《中國新詩之回顧》（臺北，廣文書局，一九六九、九）第十章〈中國新詩的轉位〉：「這期間（五〇年代）的新詩，有一個最大的特色，那就是充滿著堅強的反共意志，和熱愛國家民族的強烈意識。」

臺灣第一個階段等❻，其實皆不外乎政治詩的意味❼。

當然也有另外一種評眼，就是推抑參半的客觀評價，如：陳紹鵬特以推舉三類詩，包括氣魄宏大，音韻動人的詩與反映現實、立意深刻的詩；掌握意象、凝鍊詞句的詩；只是貶抑文字遊戲、生澀不懂的詩❽。又如：向明把五〇年代，視為先反共詩後現代詩的時期，並指出現代詩之功過；肯定她的詩藝術的現代化以及影響其他文化藝術的現代化，甚至以為可以逃避五〇年代巨大苦悶的最適切的文學形式，但否定她的故作難解、故作冷漠、壓抑感情的孤絕形態，甚至以為七〇年代鄉土文學的論爭，才是五〇年代部分現代詩離譜太過的一種反動❾。

---

❺〈中國新詩的發展〉（代序），《六十年詩歌選》（臺北，正中書局，一九七三、四）。

❻聯合報副刊三十年文學大系編輯委員會，《聯副三十年文學大系》、《風雲三十年》（臺北，《聯合報》，一九八二、六），〈三十年來中國現代文學之發展與聯副〉。

❼紀弦，《在飛揚的時代》（臺北，現代詩社，一九五一、五）上標明「政治詩集」一語，故乃引用之。

❽陳紹鵬，〈略論新詩的來龍去脈〉（臺北，《文星》，一九六〇、一）。

❾向明，〈古今多少時，盡付笑談中——五〇年代現代詩的回顧與省思〉（臺北，《文星》，一三六期，一九八八、一），此文後給《藍星》（十五期）轉載時，用附題正之。

三、政治詩與現代詩的實況

就臺灣五〇年代新詩的一般見解有二，一則視為政治詩，另一則視為移植的現代詩。其所以視為政治詩是有所根據的。一因在五〇年代初期在詩壇出現的詩人本身，幾乎是大陸來臺的，二因在獎勵創作，並團結作家的機構，如「中華文藝獎金委員會」（一九五〇、四成立）、「中國文藝協會」（一九五〇、五成立）等鼓勵作家寫作發揚愛國愛族及反共抗俄意義的作品，三因在五〇年代初期的幾種主要詩刊本身，標榜戰鬥與反共，如：

《新詩週刊》於一九五一年十一月五日借《自立晚報》的第三版創刊當時，透過〈發刊辭〉宣布說：「詩是藝術，也是武器。……一面戰鬥，一面創造，我們來了」；又於一九五四年十月十日創刊的《創世紀》，透過代發刊詞，聲明「創世紀的路向」，力主「新詩的民族路線」、「鋼鐵般的詩陣營」、「肅清赤色與黃色」等三點，又早於一九五三年二月一日創刊的《現代詩》，竟於一九五六年二月正式宣告成立「現代派」，並透過「現代派的信條」，以宣明「愛國・反共・擁護自由與民主」，他們對政治的關懷與反共的決心，鮮明如斯。

不過政治詩（包括戰鬥詩、反共詩）的實際創作情況，並不及當時文藝機構的期望與詩刊的標榜。

五〇年代較有政治意味的詩集，有如：葛賢寧的《常住峰的青春》，金軍的《歌北方》，張自英的《黎明集》，墨人的《自由的火燄》、《哀祖國》，紀弦的《在飛揚的時代》，李莎的《帶怒的歌》，鍾雷的《生命的火花》、《在青天白日旗幟下》，李升如的《復國吟》、《時代魂》，公孫嬿的《大兵謠》，上官予的《自由之歌》，沈冬的《頌歌》，劉心皇的《偉大的日子》，王藍的《聖女、戰馬、槍》等幾達二十種，這種數目，是空前的，但才占臺灣五〇年代出版詩集之一成半。

就詩刊而言，還不如詩集之盛。適逢「反攻復國」的熱潮而創刊的《新詩週刊》，她的第一期到第十期（一九五一、十一、五～一九五二、一、七），總共發表了一百十七篇詩，其中屬於政治詩之類，才不過十多篇，而且那麼少的政治詩，過了半年之後，逐漸不見，每期版面，仍由抒情短詩密密麻麻地排滿。至於《創世紀》、《現代詩》的情況，更是不同，除了《創世紀》第四期特輯戰鬥詩以外，偶爾出現零星的政治詩，可見該兩種詩之標榜與實際情況，頗有不合之處。

至於現代詩，儘管視如晦澀，甚至視如失根，但她在五〇年代的發展，相當緩慢，並非突然來並洶湧發展的。「現代派」雖成立於一九五六年一月，但實際傾向現代主義的詩作，直到五〇年代的後期才大量出現，尤其一九五九年的《創世紀》，形成頂峰，大家以為富有現代主義風貌的詩作，如：洛夫的〈我的獸〉、〈石室之死亡〉，季紅的〈單身宿舍〉，瘂弦的〈從感覺出發〉、〈深淵〉，商禽的〈長頸鹿〉、〈滅火機〉、〈天河的斜度〉，林亨泰的〈風景〉等均見於該雜誌十一期到十三期之間。

「現代主義」能於五〇年代的末期在臺灣開花，是經過幾個階段而來的，其始從紀弦創刊《現代詩》以來，屢次強調知性與象徵，又主詩是詩歌是歌⑩，終以「新詩的再革命、新詩的現代化」，發起「現代派」的階段，二則自紀弦公布之六大信條以來，就與「藍星」詩社的覃子豪、余光中、黃用等詩人之間發生的「移植論爭」為始，蘇雪林的〈新詩壇象徵派創始者李金髮〉（《自由青年》，一九五九、六）與言曦的〈新詩閒話〉（一九五九、十一、二十起連續四天於《中央日報》副刊）二文所引起的論爭與針對現代詩的批評與研究，三則靠詩人本身嘗試現代詩的努力與譯介西方現代詩作品與理論之諸般工作。

但她的質量，比起五〇年代詩壇整體而言，還是遲來的，五〇年代的主流是自由詩、抒情詩⑪。覃子豪之論斷，雖然針對紀弦之六大信條，但卻是按實際而說得穩當的，不像紀弦

---

⑩ 〈詩是詩歌是歌我們不說詩歌〉（社論）（《現代詩》，十二期，一九五五、冬）。

⑪ 覃子豪，〈新詩向何處去？〉（《藍星詩選叢刊》，第一輯，臺北，藍星詩社，一九五七、八）、〈自由詩的真意〉，《詩的解剖》（臺北，藍星詩社，一九五七、十一）。

為了加速現代化而過分強調。紀弦儘管又呼籲「抒情主義要不得」⓬，但五〇年代臺灣新詩的抒情性成分多於主知是不可否認。

四、五〇年代臺灣新詩之幾種物理現象

儘管臺灣五〇年代政治文化環境是激變的特殊的緊張的，但如果將五〇年代的臺灣新詩，投給整個中國詩史對照的話，才明白並非突然來而又茫然消失的。這短短的十年之中，也可以發現正、反、合的歷史規律，也可以發現延伸、反撥、相撞相引的物理現象。

(1)延　伸

臺灣五〇年代早期的政治詩是完完全全自大陸帶來的，而且是沿用抗戰時期開始的那種激情化的、散文化的詩歌，那種詩歌多半適於朗誦的，如：鍾雷的〈偉大的舵手〉、〈豆漿車旁〉，墨人的〈哀祖國〉，上官予的〈祖國在呼喚〉，李莎的〈帶怒的歌〉等，都兼有戰鬥性與思鄉情。這一類的詩，在本土不可能有，臺灣本地詩人儘管早從三〇年代先後有「風車」、「銀鈴會」等詩社⓭。但主要的工具是日文，而光復之後，不可能立即換唱變調。

⓬ 《現代詩》，十七期（一九五七、三）社論。

沿用的不止政治詩，而五〇年代早期的詩刊與文藝刊物上所見的新詩，大部份是抒情詩，而十行之內的短詩，少則三分之一，多則占一半，這類或抒情或思維的短詩也是二、三〇年代曾由謝冰心、宗白華、汪靜之等在大陸風行過的短詩派與新月派的延伸。

如果從五〇年代活躍的青年詩人，分析作風的話，就不難發現三〇年代新詩的復出或者橫移的現象，比如：余光中、蓉子、楊喚、洛夫、商禽、瘂弦、葉珊等的詩作中，隱約有徐志摩、冰心、綠原、艾青、廢名、何其芳的影子，這也是延伸的脈絡，而更可貴的是他們在政府查禁大陸書籍，堅持三不通政策的政治環境下，不忘母體文化。

還有紀弦於一九五五年所發起的「現代派」火種，原是帶自大陸來的。紀弦曾於一九三二年與施蟄存、杜衡、戴望舒參與編務過的《現代》，繼著於一九三五、三六年與戴望舒編《新詩》、《現代詩風》等詩刊。不僅如此，紀弦曾經在大陸獨資創辦過《詩領土》（一九四四）、《異端》（一九四八），可惜它們均已夭折，但這種辦詩刊的固執，卻延伸到臺灣來。紀弦還沒有創刊《現代詩》以前，急得出了《詩誌》（臺北，暴風雨社，一九五二、八、一），它是實際上以雜誌型出現的第一本詩刊，可惜僅止一期便停了。

至於「六大信條」那種教條式的宣言，在中國是司空見慣，不要說宗經時代，追求革新

---

⑬ 林亨泰，前文。

的五四時代所標榜的「文學改良芻議」、「三不主義」等均是。紀弦「六大信條」也是《現代》、《新詩》、《異端》等刊物的編輯原則、宣言、發刊詞的發展與決定，它的方式與想法，雖然引起僵硬化又反傳統之嫌，但總是延伸現象之一。

(2)反　撥

「現代詩社」(一九五三、二、一)與「現代派」(一九五六、二、一)的成立，主要是為了新詩的再革命而結合，但是多達一〇二人的名單中卻不見寫戰鬥詩、朗誦詩的詩人，又從《現代詩》詩刊，也找不著形式僵化的豆腐乾體，或者濫情的戀歌以及激情喊叫的政治詩，因而可以猜定她的出現，就是針對時尚反共戰鬥文藝的反撥。

不過《現代詩》的反撥，又喚起另兩個的反撥，是「藍星詩社」與《藍星週刊》以及「創世紀詩社」與《創世紀》季刊。該兩種詩刊，均於一九五四年先後創立並創刊的。原由覃子豪、鍾鼎文、鄧禹平、夏菁、余光中合組的「藍星」，一開始不講究組織的，而能夠結合，是針對紀弦的一個反撥⓮。又原由張默創刊的《創世紀》，儘管標榜「新詩的民族路線」，但主要是針對當時詩壇上「呈現雜蕪的景象，致產生有詩壇霸王的怪現象」⓯，此中指的是《現

⓮ 向明，前文。

代詩》與紀弦，究竟「藍星」的發起，也是一個反撥所致。

等到一九五六年一月十五日，「現代派」成立，泛起波浪時，「創世紀」派人觀禮，而「藍星」的態度，堅決明快，竟於第二年由覃子豪的〈新詩向何處去？〉[16]為始，與藍星同人，聯合作戰，論爭兩年，這也是針對「現代派」的反撥所致。

臺灣新詩在五〇年代末期所帶來的反撥現象，是值得特書的。早由「現代詩社」追求詩的知性與純粹性，「藍星」也不久便從抒情主義，便趨向於象徵主義，又《創世紀》自十一期（一九五九、四）起開始放大版面，並提出現代表現與超現實主義，這樣一來一九五九年的詩壇，獲得共識，尤其《創世紀》，繼承《現代詩》的號召，成為現代主義的堡壘，終於使政治詩逐漸淘汰，如果再予強調的話，臺灣五〇年代末期由一群現代主義詩人的反動，才是第一次排開政治文化的現象。

(3)矛　盾

五〇年代臺灣新詩，尤其早期是青黃不接的，臺灣本地詩人，剛從日本獲放，但由於語

---

⑮〈創世紀的路向〉（代發刊詞）（左營，《創世紀》，創刊號，一九五四、十、十）。

⑯〈獅子星座號〉，《藍星詩選》（臺北，藍星詩社，一九五七、八）。

言障礙，不便與大陸來臺的詩人合作。還有當時詩壇的實體，是除了幾位來自大陸的元老之外，幾乎是軍兵與流亡學生，可謂「兵的文學」[17]。這種脆弱的基礎上，考驗著「反共抗俄」與「新詩的再革命」等極端不同的風潮，還得克服艱難的生活與情切的鄉愁。再加上詩壇之詩社鼎立，互相張勢，各主各是的混淆中，種種矛盾，應運而變，但這種矛盾現象，或者相生，或者相剋。

1.五〇年代在臺灣詩壇，尤其新生一代的詩作，儘管在兩岸的對峙中，皆喊戰鬥的環境中，但他（她）們從各個矛盾與衝突中求取純粹，從荒亂與謬誤中發現真性，再來凝煉語言，經營意象，走上現代詩的窄路，這是戰鬥詩與現代詩共存一時之矛盾。

2.紀弦發起「現代派」以來，確有現代詩廣面化的現象，但他所宣布的信條與實際情況之間，頗有矛盾不合之現象，如：第二條中強調「橫的移植」，而加盟的詩人，方思、周夢蝶、鄭愁予、葉珊、林泠、夏菁等非常中國的抒情詩人卻被包括；第四條中強調之「知性」，也很難辨出多少；第六條中指出的「反共」在該詩刊中表現得寥寥無幾，還有紀弦標榜了六大信條，不過沒有幾年，開始承認「現代詩的偏差」[18]，再不久呼籲〈回到自由詩的安全地

[17]《聯副三十年文學大系》，前文。

[18] 紀弦，〈現代詩的偏差〉，《現代詩》，二十四期，一九六〇、六）。

帶來吧〉[19]前後矛盾可見，而前後時差也僅六年而已。

3.《藍星》之盟主覃子豪一開始主張自由詩，說自由詩是一道主流，說自由詩才是正確的道路[20]，但於五〇年代末期力倡象徵主義，而《創世紀》一開始主張詩的時代性與語言的大眾化，說「詩是大眾的語言」[21]，但於創刊「五年之後」[22]，力倡詩的藝術性與自我，並承認過去五年來的「新民族詩型」才是誘導階段，可見這兩家詩刊，呈現了變貌，呈現了前後不一貫的矛盾。

4.五〇年代臺灣詩壇之主要成員，是軍中官兵，尤其《創世紀》幾乎都是，而且他們幾乎是窮小子，他們以中國文字的基礎與慘痛的經驗、寫作的衝動來寫，洛夫、商禽、張默、楚戈、瘂弦、碧果、辛鬱、梅新、沙牧、楊喚、季紅、葉泥等均是，而他們這些軍兵寫的是自我的、象徵的、超現實的現代詩，並非戰鬥詩。寫戰鬥並歌頌的，卻由文士較多，這也是詩人的職業與詩的風格之間，矛盾不合之處。

---

[19]《葡萄園》創刊號（臺北，葡萄園詩社，一九六二、七）。

[20]覃子豪，前文。

[21]〈論詩的時代性〉（社論）（《創世紀》，二期，一九五五、春）。

[22]〈五年之後〉（社論）（《創世紀》，十三期，一九五九、十）。

5.五〇年代的臺灣，為反攻大陸，慷慨激昂，思鄉情切，該是首丘的年代，但在詩壇卻有西化現象，各種詩刊專以介紹波特萊爾、魏爾崙、阿保里奈爾、艾略特、奥特、里爾克、凡爾德、許拜維艾爾、梵樂希等，一時呈現了主動與母體傳統隔絕的矛盾現象。

6.五〇年代的臺灣詩壇，由於語言的障礙與政治上的封鎖㉓，本地詩人，有如林亨泰、白萩、黃騰輝、黃荷生、李政乃、謝東壁、何瑞雄、葉笛、錦連、薛柏谷、葉珊、林宗源等出現不多，一時造成「賓多主少」而並不鄉土的矛盾現象，但等到《笠》詩刊㉔出現，本地詩人已進入情況，又活躍又熱鬧了。

這種矛盾現象，追溯其因，大體上不外乎詩本身之演進與政治環境，時空的變移與詩人的情懷。政治環境的突變與母體之隔離，帶來心理上的游離與生活上的流放，而游離與流放使人容易陷入孤絕的主觀意識。這種意識在必須工作必須戰鬥的現實中，加速了詩人的現代主義，遂使現代詩產生。還有詩壇戰鬥詩的泛濫與格律詩的長期流行之現象，使詩卑下水平，以為是使詩淪落為通俗化、大眾化，因而《六十年代詩選》的編者辯護五〇年代的現代詩時，卻把通俗化、大眾化推給社會主義詩歌㉕。

㉓ 李魁賢，〈臺灣詩人的反抗精神〉（臺北，《臺灣文藝》，一一二期，一九八八、七～八）。

㉔ 創刊於一九六四年六月。

一九六〇年由「中國詩人聯誼會」編印的《十年詩選》與一九六一年一月由「創世紀」詩社的張默、瘂弦共編的《六十年代詩選》，是結束五〇年代詩壇的結晶，也是五〇年代政治詩與現代詩的櫥窗，也是五〇年代新詩最矛盾的現象——政治詩與現代詩共存一時的。

五、結語

大陸的詩論家，曾經肯定臺灣的現代派說：「為祖國文學寶庫增添了無數的珍品，這不僅是臺灣詩壇的功勞，也是祖國詩壇的驕傲」㉖，而這種成就，確是五〇年代的收穫，她的成就，不僅在於思想的結晶，且在於語言的凝鍊，以能夠保持密度、張力、深度，更可貴的是這種內純外鍊的詩，卻在戰鬥的環境中產生，恰在政治硬塞與生活窮乏中血書出來，但她在五〇年代的物量，遠不及政治詩，而憂國憂時的政治詩，又遠不及自我抒情的自由詩。

五〇年代的新詩整體，與其說戰鬥詩的年代，不如說抒情詩的年代，政治詩與抒情詩，均係大陸抗戰詩與抒情短詩傳統的延伸。至於現代詩，也是大陸三〇年代的延續發展，但她

㉕ 張默、瘂弦編，《六十年代詩選》（高雄，大業書店，一九六一、一）。

㉖ 古繼堂，〈臺灣現代派詩的崛起〉《臺灣新詩發展史》（北京，人民文學出版社，一九八九），第七章第一節。

的質量超過大陸的三〇年代，而且現代詩在臺灣的氣勢，竟使政治詩萎弱，甚至使其淘汰。

五〇年代的臺灣新詩，短短十年，但這個十年，卻異於任何十年，新詩移於斯，生於斯、長於斯，變於斯，絕不能只以時代與政治的概念誤診她的實體。

失鄉民的悲恨

——記六〇年代臺灣詩的一股流

在往古泥濘中深埋著的中國詩，對於像暴風雨般的「現代詩」的出現，不能不感到一股陣痛。

而中國現代詩的起帆，一直乘政治意識的干擾中運航到臺灣來。國民政府撤退臺灣後，現代詩可說才開始放出光芒。

一九五〇年初，氾濫的歐美現代主義和籠罩戰後的各種苦悶似乎都一起蜂湧而來，遂使臺灣成為一道過渡的橋樑。他們是飲著二十世紀埃塵的、疲倦的現代人，於傳統的五言、七言中使人不便發洩其不安與矛盾。

同時，在傳統文化中又有著濃厚粘性的執念和鄉愁，即從氣喘的現代欲成為江湖客的鄉愁與吟著五言、七言而輕敲膝蓋的那種樂趣。這種接近古詩的韻味依然像螢火蟲般地迴繞著。但這也正是農業社會和工業社會併存的現象。

現代詩就表現方法而言可歸納於兩種內在的動機，一為汎現代人的；一為一九五〇年以來，自由中國所獨有的時間和空間的特殊性。

處於核子威脅及太空旅行機械化之現代人，他的孤寂感，是無法來限定地域的。而當他覓索到內涵的意象時，又次遭遇到溜失的空虛，因而被時代水波逐出局外的異方人，就是現代詩人，是那站在孤獨的亭園中極度疲勞的姿勢。即如瘂弦在〈深淵〉中的一段：

我們再也懶於知道，我們是誰。

但是，這種孤獨絕不是亞洲或中國的，同時也無法代表文學的風土，只是以平面的現象來看時，詩是從孤寂的漠地走出而輪迴於空曠的廣場之間。

中國的現代詩在臺灣已有四十年了，但仍在孤寂的漠地和現代暴風中苦航，只是一種高單位的晦澀。不過這種情況已在二、三年前起了急變，那是從鏡框中發現自己的傷疤而猛擊著鏡子的轉變。

四十五年前排擠一切主情和格律，而高舉著現代詩旗幟的詩人紀弦，後來又呼籲中國詩得回到自由詩的安全地帶，因此，曾引起了信奉艾略特(T. S. Eliot)後期前衛派詩人們的激烈反駁，而前面所說的那股水波和中庸派，又從空曠的廣場叫喊出「詩的大眾化」（自由詩化），不過其回聲卻微弱得很。

如此，詩運動本身雖出入於孤寂、開放，晦澀、明朗之間，但四十年來自由中國的深呼吸就現代詩表達的詩評中，是不能否認仍保有某種浮面的痕跡。尤其以焚燒生命的經驗來寫詩，詩評就變成自由中國詩壇最迫切的呼吸孔道了。從自由中國現役詩人的省籍、職業的概況等數字，當可明顯地看出這種傾向。就是大多是渡海來的「阿兵哥」，這麼簡單的報告卻比長篇大論說得更具體的。如果說軍人佔了相當的數字。誰也不能否認詩是苦悶的象徵，他們離開故鄉已有二十年了，他們的詩筆中深埋著時代、政治、鄉愁與人生，以近乎報復的手法而咯出他們的鮮血。換句話說，就是於孤寂時代的一隅中，在燦爛的夢土上選擇寫詩的作業。

商禽在〈長頸鹿〉中，當年輕的獄卒發覺囚犯們每次體格檢查時身長的逐月增加，都是在脖子之後，他報告典獄長說：「長官，窗子太高了」，而他得的回答卻是：「不，他們瞻望歲月」。

瘂弦在〈深淵〉中又云：

哈里路亞！我們活著、走路、咳嗽、辯論，
厚著臉皮佔地球的一部份。

這些都是被時代焦傷之中以控訴自身存在的表象。從自我的揭發而更進一步地揭發著時代。

商禽又在〈催眠曲〉首節中的表示：

歷歷的島上許正下著雨
你的枕上晒著鹽
鹽的窗外立著夜
夜，夜會守著你。

深切的敲擊著子夜的落雨聲，而低迴地聽到了你我的呼喚。

另外一位頗有份量的現代詩人洛夫，在他的力作〈石室的死亡〉序歌中，也有如下的話語：

神哦！我所能奉獻給你腳下的祇有這憤怒。

他是對時代及全人類的命運，採取直接的手法射出了對整個世紀的憤怒。如此的憤怒與批評是自我的表現，並且在詩前是不能支付預定的感情的，尤其為了民族與國家，以義務的姿態來奮力疾呼，更是需要一種冷靜的知性。

幸運的是，一九六〇年代真的是非愛國否則耐不住了，既然保留了官能的享受，而在兵營裡站立又匍匐著。

超現代手法有著十年的「現代詩」派的迷惑，而過渡的詩卻像蝸牛殼般地，一面壅塞一面徘徊於孤寂與晦澀的死胡同裡。不但如此，而且更幾乎瀕臨於頹廢的邊緣。因之，在此不得不注入一股新的力量和周全的整理，再說的話，所謂「國家」對詩人而言，就如同使船起航的原動力一般，決不可少。

「愛國詩」與「御用詩人」所相通的敵對觀念是要打破的。

彭邦楨、上官予、鍾雷等早就寫著愛國詩、戰鬥詩了，不過他們的技巧仍踏襲著傳統；但從一九六五年起那些具有內蘊力的中堅詩人，如瘂弦、鄭愁予、辛鬱等也加入了這個隊伍，而以新意象的連結來謳歌新鮮的愛國情操。這一趨勢，不但脫離了口號詩，而且還創造了時代以誇示年輕人的可能性。誠然，這是從積極的意味來證實詩人的參與社會！我們看鄭愁予吟誦孫中山先生的〈衣鉢〉一節：

兩萬人提燈為一個老壯士照路
帶著最後生日的感慨　您將遠行
在深灰的大氅裏　裹著一腔什麼
啊
那是革命的衣鉢　歷史已預知

從大陸撤退的當時（一九四九），只有糾彈共產黨的蠻行及呼訴還復大陸的詩篇，在報紙雜誌上出現了二、三年之後，漸漸地，其呼聲則走向內在。不過最近四、五年來，又傾吐於外在的呼聲。

但，不管如何，自我的反映總不能脫出政治的範疇。他們雖不滿於將現實所得到的意象，羅列於自身內部，並使之抽象化表現的超現實主義傾向，但為表出其憤怒卻可分為兩大傾向：

即近於「超現實派」和「主知詩派」的傾向。這雖是現代詩派，但與超現實派幾乎是無法加以區分的，因為他們的問題及思潮幾乎是同時輸入。

這不是僅靠外來的而是固有的中國詩質所成長的典型。就如同以新式的酒瓶灌入經年陳古的中國黃酒，穿著「長袍」的中國人在電視之前觀賞迷你的舞姿。因之，在中國家庭的會客室中，幾乎都懸掛著一幅比電視還貴重的山水畫，這是嫻靜的，異色的中國傳統精神的詩。

就是依著傳統的存在意識和鄉愁的意識——人總是要死的，那麼死一定要死在故鄉的這種意識。這就是中國人「落葉歸根」的情懷。

這種主題雖為抒情的，但就臺灣老一代的詩人而言，這種必歸大陸的鄉愁是很迫切的。六〇年代逝世的中國當代名書法家，詩人于右任先生，在他的遺詩中說：「葬我於高山之上兮，」這是多麼的悵然，怎能不使我們悲感？又在臺灣逝世的學人吳稚暉先生的遺言中也說過，死後將他的骨頭火化，拋於金門島前的洋洋大海。

于氏的亡靈位於臺灣北部的最高峰，以眺望遼遠的大陸；吳氏的亡靈則順海流而隱於福建某一海壁。早期現代詩壇的旗手紀弦，也經常喜誦〈一片槐葉〉的詩。他在臺灣偶然地，從舊書裡發現帶自家鄉的一片槐葉，而吟著故鄉，一股溫暖的血似乎直注入我們的心懷。

曾在大陸流浪中度過少年的詩人鄭愁予，在他的〈錯誤〉中：

我達達的馬蹄是美麗的錯誤
我不是歸人，是個過客……

再者，也是少年時就在大陸從軍，而後渡海來臺的辛鬱，於〈青色平原上的一個人〉作品中：

歷史是一疋布麼？
…………
汪汪。在青色平原上。
我種牧著一個人。汪汪。

這是一種觀照遼闊的人生。前者係逍遙的，而後者則係曠遠而倔強的，這是因為道家和儒教的血，雖渡至海島上也絕不枯渴的原因，所以在舞台上仍用這種思想，而在表現的手法上則煥然一新。

但是四十年來，所謂「現代詩」沉浸於這習性的狀況，這是歷史的事實；而其所沉浸的歷史又較任何時代來得更深、更強。現代人呻吟的孤寂感和吶喊時代的憤怒，以及時代所延伸的鄉愁……這種種，都壓縮於詩人意識的深處、內心的奧境，換句話說，其內心似有著幾萬磅的火力在燃燒。

他們也深藏著亞洲的苦悶和知性，深藏著一股茁長與奮鬥的力量。那麼，我們堅信：中華民國的詩壇，總有找回其歷史意義的一天。我深信他們足履深沈的鄉愁與憤恨，膺出壓縮的歷史意識。

臺灣現代詩三十年之發展（一九五〇～一九八〇）

中國新詩，已經瞻望古稀，應該被肯定了；尤其在臺灣茁長的現代詩，經過了三十多年來的種植、實驗、辯論、推廣，不僅取代了中國舊詩的重要性，也拓展了中國文學的傳統。一個具有三千年悠久傳統的詩國，儘管出現了現代詩運動所帶來的狂飆，卻始終沒有破壞中國詩的質地和精神，這一點值得驕傲。

一九五〇年前後，由於中央政府的遷臺，詩壇也隨著分成海峽兩岸；在新詩還沒有托根盤節的時候，便開始各自走上坎坷不平的道路。大陸上的五〇年代，曾強調現實性，但從五〇年代後期起受到意識的干擾，流為政治的工具，到後來「文革」十年浩劫中更徹底被破壞，而一九七八年以來卻出現了突破性的景象，尤以朦朧詩崛起的詩潮，使我們抱著新的希望。但大陸的一般詩人，寧可說他們的社會性、寫實性、民族性比較強烈，而由於馬列主義文藝理論的框架，沒辦法大膽地突破思想性和藝術性，這樣一來，就不便將他們與一向追求藝術信仰的臺灣現代詩作平面的較量。因此，這裡的論述只好以臺灣作為主要對象。

一、發展的性質

自從三〇年代興起的「現代派」或「藝術派」詩潮很快就被政治攪擾了之後，政治便不斷侵襲文藝，詩歌藝術就面臨著很多種的衝突與交替。就如：政治上的收和放、傳統上的縱與橫、色彩上的明朗與晦澀、形式上的自由與格律、語言上的緊與鬆、技巧上的西與中、題材上的田園與城市、思想上的虛無與積極、風格上的超現實與現實、局面上的小我與大我、地方上的鄉土與海洋等。

這兩種特質、兩種力量的衝突和交替現象，在這短短的三十多年中一直在反覆或起伏，可見文學的進化與時代的要求，相應而出。這種史例，如果翻開中國詩史，處處看到，正如楚辭恍惚的詩歌一衰沉，就有樂府樸實的民歌起而代之，又如魏晉的玄言詩一萎退，就有山水詩接替。到了近期，三〇年代後期的「新詩」一旦夭折，就有田間、臧克家等的號召詩代興。

臺灣現代詩的發展，一向以詩社與詩刊為中心，詩社「以文會友」，自由活動，詩刊則「自給自足」，尚未企業化。三十多年來，共有四十多種詩刊問世，目前在發行者，幾達十

三、四種，蓬勃氣象，可想而知。

詩的創作，無論形式或內容，幾乎每隔十年便呈現著不同的風貌，其轉化變革之快，可能由於一群詩人勇於試驗探索，努力加速新詩的現代化，處處突破，時時重建。

今天臺灣現代詩的成就，不能否認外來的影響，而隨著表現技巧的中國化及思想內容之民族化，逐漸找回自己的血緣關係。透過這種趨向，絕不能說新詩是移植來的，更不能說大陸上的前三十年與臺灣的後三十年是切斷了的。就如臺灣六〇年代的現代主義是大陸三〇年代的延續發展，又如臺灣七〇年代末期的散文化是大陸四〇年代愛國詩的再現。還有大陸二十年來的朦朧詩是大陸三〇年代的延續，也是臺灣六〇年代的轉移。

二、五〇年代——兵火與鄉愁

一九五〇年代在臺灣是現代詩的移種時期，其詩壇由「現代詩社」、「藍星詩社」、「創世紀」三大詩社鼎立，其技巧則一面延續四〇年代在大陸風靡過的歌頌詩，一面試驗波特萊爾以降各種西方方法，其內容則均係朝向大陸的，而分成懷鄉愛國之類和為「收復大陸」的戰鬥兵火之類，其運動則由大陸來臺的三老（紀弦、鍾鼎文、覃子豪）推展，尤其是靠紀弦的地方最多，詩人則大半是軍中詩人。他們曾是流亡學生，或者從軍來臺，他們飄泊的歷程，投映詩篇。

光復不久，青黃不接，由於語言障礙，仍是荒蕪的臺灣詩壇，等到紀弦創刊《現代詩》（一九五三），才開始點上了現代詩的火種。而實際上，詩的現代化運動，是在一九五六年一月紀弦與葉泥、鄭愁予、季紅、林亨泰、羅行、林泠等八十多人成立「現代派」開始的。但由於他們所標榜的六大信條過於強調西化，尤其「橫的移植」部分，一般都以為會切斷中國詩的傳統聯繫，因而引起強烈抗議。

紀弦的「移植」論，儘管帶些情緒化的口氣，但他只不過是為了加速現代化，特予強調而已，應該是主張限於技巧上的「橫的移植」。他的「現代詩」精神，早就承啟三〇年代初期的《現代》（施蟄存、杜衡、戴望舒等主編，一九三二）與《新詩》（戴望舒主編，一九三六）、《現代詩風》（戴望舒，一九三五）的先導。其實紀弦本人不僅曾經加盟並創辦詩刊，而且剛剛來臺之前，慷慨解囊獨資創辦過詩刊《詩領土》（一九四四）和《異端》（一九四八、十）等，只拿這幾點，足以證明他是為了復活曾經夭折了的詩刊而提倡的。如果細看《現代》的編輯原則、《新詩》的宣言、《異端》的開頭以及《現代詩》的信條，其間均是息息相關的。

《現代詩》（一九五三～一九六四）發行的十多年間，儘管備受保守或傳統派攻訐，或稱晦澀，或稱惡性西化，但確使新詩再革命，又使新詩現代化，更培養了中年一代詩人，幾達一百人，注入新詩的命脈，今天詩壇的重鎮，多半是從《現代詩》園地中走過來的。總之，當時荒涼的詩壇上，燃起第一個火把的是紀弦，僅管他中途由於嫌恨青年人的虛無風氣而忽然聲明取消《現代詩》，但他對現代詩倡導之功，已不可磨滅了。

另由覃子豪、鍾鼎文、余光中、夏菁、鄧禹平等發起於一九五四年的「藍星詩社」，就與當時強調知性的《現代詩》較為相對，詩作較重於抒情與象徵，又開放接受西方技巧，而一向尊重傳統，保守穩重。其社員出身各異，風格又互異，再加上他們的刊物多樣，包括季刊、週刊、詩頁、詩選、叢書等，他們又透過出版、頒獎、座談、朗誦等多樣的活動，推動新詩，已經立下了功，但他們從未標榜什麼信條，各唱各的，結果他們社員個人的成就出人頭地。

稍後，又由三位海軍（洛夫、瘂弦、張默）在左營創立於一九五四年的《創世紀》，開始時有意矯正「橫的移植」，並講求詩的純粹性，但他們在五〇年代的聲勢不大，僅管提倡「新民族詩型」，卻尚未建立風格，只不過是試驗階段；他們以自己的創作與新穎的主張來引起詩壇的波浪，還是從六〇年代起的。

五〇年代在臺灣，反共的戰鬥意識與懷鄉的歸巢意識並流，而且在少數大陸來臺的前輩詩人與軍中的青年詩人拓荒中，已經種下了新詩的現代主義。

三、六〇年代——創新與孤絕

一九六〇年代在臺灣是現代詩的成長期，她的外在，強烈地受到西方現代主義的影響，而她的內在，充滿著孤絕與鬱苦，結果給人隔離、晦澀的印象。

現代主義的主要技巧，包含超現實主義和詩語的暗喻、聯想化，而這種技巧，先被創世紀同仁，如洛夫、瘂弦、張默、商禽、葉維廉、管管、辛鬱、鄭愁予、葉珊、白萩等熱心追求，甚至試驗了超現實技巧的中國化。

到了六〇年代，《現代詩》逐漸衰落，紀弦呼籲「回到自由詩的安全地帶」的時候，「創世紀」則猛力推動現代化，加強陣容，結果匯集了「現代派」，基本上仍然是《現代詩》的這條路再加發展，只是多添了幾分霸氣。

由於現代文學史的斷層現象，再加上早年言路未開，一種飄泊失落的孤絕與悽慘戰火的傷痕，凝於內層的時候，一個棄家離園的詩人，只好托超現實的技巧，發洩內心的痛苦，這樣一來，超現實的技巧與晦澀的語言，等於是保護色。

除了上述的內因以外，也有外因及文學藝術本身的要求，就是五〇年代末期起，風靡西方的存在主義小說，還有一個語言過分重於感性的詩，因而未免晦澀，而晦澀裡可帶某種美感。

當「創世紀」一派形成詩壇巨流，而且經過很多年的摸索與修正，創出他們攝取了中西技巧而加以同化了的語言的時候，詩壇的另一角，漸漸呈露著文學上反動的勢力。

一九六二年，先由《葡萄園》詩刊，標榜詩的明朗化為始，繼由《笠》詩刊，更以大組織，針對超現實主義，並創辦雙月刊於一九六四年，翌年還有《中國新詩》，主張詩的中國化之外，《星座》、《北極星》、《噴泉》等學院裡的學生詩刊，源源問世。她們當中，學院詩刊較傾向現代詩，而其他詩刊，大多主張詩的傳統性、真實性、明朗性。

六〇年代詩壇的新生獨立軍，是《笠》詩刊，她的特性，一貫至今，已經奠立了歷史意義。曾經由於語言文字的困限，不易與大陸來臺的詩人並肩創作的臺灣本土的中年與青年，光復了二十年，體會了祖國文化，才有上一代「跨越語言」的詩人與新血們的匯流，如林亨泰、桓夫、詹冰、錦連等與白萩、李魁賢、杜國清、陳明台、鄭炯明、李敏勇等合而組成的。

省籍詩人（唯非馬例外），一向以鄉土氣息與樸素的語言，追求真實，批判人生為特色。還有部分同仁，探求即物主義的手法，這種手法，也許來自日本詩，而《笠》詩刊二十年來與日本詩壇一向有密切的關係。他們儘管開拓了集體批評的園地，獎勵方言的效果來推動創作，深得普及，但恐怕同時不免助長了明星主義、地方主義的風氣。

六〇年代在臺灣，學院裡走出來的新秀顯然增多了，他們不僅把文學的潮流自兵的手裡奪來，還跟著現代派以新的知識、新的形式技巧，又嘗試又鍛鍊，形成了藝術上的嚴謹，以鞏固新詩的藝術性。尤其那些現代詩派，儘管晦澀，而關心社會，刻留下這一世代的痛苦，是甚具歷史意義的。

四、七〇年代——現實與自覺

一九七〇年代在臺灣是現代詩的苦難期。晦澀、滯留了十多年，該是轉向明朗的時期，而七〇年代一開始，反晦澀的論戰，起如暴風。其實晦澀者，不過為技巧之一，如果故意晦澀，明明是反藝術，而不得已者，應有她存在的理由。

反晦澀、主明朗，反西化、主鄉土的論戰是一連串的，先由《文學季刊》（一九六六～一九七〇）批評詩人過分提倡現代主義，並酷罵「文學殖民主義」之後，特別是一九七二年和一九七三年這兩年當中，集中批評，如唐文標、關傑明等開始批評「創世紀」一派的現代主義於《中國時報》、《中外文學》、《文季》、《龍族》等刊物，他們所攻擊的，大概不外乎「晦澀、自我、西化」等。有些人惡意把現代派誣陷為「失根的花」、「自我壓榨」、「病態傾向」，論調過分偏激，似乎有意否定現代詩；但一九七三年七月的《龍族》評論專號，同樣反晦澀，而就事論事，尤其主張走向大我、回歸自己的地方，甚合時代的要求。

這些反現代主義的趨向，在文學的領域裡，正配合鄉土主義、現實主義、敘事主義、大我主義等，而且這些氣息，其實一直拖到七〇年代末期，終於催生了敘事長詩的齊放。可以說七〇年代的十年，才是現代主義的批評時期，也是現實主義的建設時期。

七〇年代初期對現代主義的批評，的確敲響了警鐘，同時喚醒了自覺，在新詩的演變上，正是一個轉捩點；其能夠轉變大局，也有外來的原因。

一九七〇年，以留美中國學生為主，爆發了保衛釣魚臺的愛國運動，再加上國際局勢的轉變，儘管臺灣社會受到衝擊，民族意識卻重新抬頭，掀起懷念故國、回歸的熱潮。此外，臺灣從農業社會轉向工商社會，處在政治、經濟的「轉型期」，反映現實的要求，隨而增加。

鄉土文學提倡了現實主義，它的迴響，直接衝擊詩壇，既往詩壇上所滯留的現實逃避、個人主義，透過檢討反省，漸漸退潮，開始轉向廣闊的社會，開始帶來所謂文學的社會性、文學的民族性，因而產生歷史詩、敘事詩、方言詩、新聞詩等新的題材，而這些題材，到了一九七七年以後更為普遍。

一九七一年三月，由辛牧、施善繼、蕭蕭、林煥彰、陳芳明、蘇紹連等共同創辦的《龍族》，一九七二年九月，由陳慧樺、林鋒雄等創辦的《大地》，一九七九年十二月，由向陽、陳煌、張雪映等成立的《陽光小集》，還有《詩人季刊》（後浪）、《秋水》、《草根》、《詩脈》等詩刊先後問世，以新生力量，希望超越五、六〇年代早期的中年詩人。

「敘事派」有的屬於詩社，而多半不屬於詩社，但風格近似。他們的詩作，多給《現代文學》、《文季》等綜合性的文藝刊物或其他雜誌，且大多為民族、鄉土、現實、新聞等共通的主題而寫下敘事長詩。

這些新興的敘事詩，透過具體的形象，引起思惟的手法，擺脫了個人主義與孤絕意識，深入生活，批判生活，她的語言，簡樸土俗，她的句子，漫長鬆散，她的題材，廣闊實際，頗有平民化的風格。

臺灣七〇年代末期的長篇化與敘事化的趨向，與大陸七〇年代末期民間詩的組詩化與抒情化的趨向，是剛好相反，而且同樣出現重彈舊調的現象，一個是四〇年代的，一個是三〇年代的。

五、八〇年代——融會與回歸

進入八〇年代，才沒有幾年，而明顯的風氣是融會變化與回歸傳統的傾向。

經過了一場多年的論戰，現代派自加檢討反省，結果自動提倡了新聞詩之必要，從自我強調，到對社會大我更注關懷；從西方技巧，到對中國傳統廣採格調；從城市生活，到對鄉下田園提高興趣。年輕的敘事派，也慢慢變調，從小鎮生活，到對城市注意；從單調的敘事，轉習現代派的技巧。可以說已經跨越了現代主義，也可以說沖淡了大喊大叫的現實主義。

這種變化與融會，卻從中年詩人可以讀到，如曾經深得西方技巧的余光中、洛夫、葉維廉、楊牧等，對社會的關懷、對傳統文學的涵養、對田園泥土的眷戀以及平白的語言、深濃的情感，顯得增加，而相反地曾經「美麗」、「轟動」過的鄭愁予，最近才從纖柔的抒情走出來，卻從生活中探索知性，又能融會情、事、理。

青年一代中，《陽光小集》一批詩人，恰好融會現代派的密度、張力、美感經驗與敘事派的活潑、生動、現實題材，正在引起詩壇的注意。

六、幾點問題

臺灣的現代詩，客觀地說，已經趕上了過去舊詩的地位。為了她的繼續發展，我要指出幾點問題：

第一、這幾年來，臺灣的詩壇上，較明顯的趨向是技巧上過分的散文化與內容上過分的社會化，這是使人憂慮的。因為過分的散文化，怕影響詩的藝術性；過分的社會化，怕喪失自我。詩的純粹性與詩的參與性是老問題，不可分開來看，如果以中國傳統詩的特質來修正中國現代詩的方向的話，應該是較正確的作法。

為了詩的藝術性，基本上注重「氣」（文以氣為主），並學習「賦、比、興」；為了詩的風格，基本上從「詩言志」，發展到「興、觀、群、怨」，我想僅僅這四句裡，同時強調抒情與敘事、自我與大我、明朗與暗喻，現代詩的要諦也不外乎此，應該看破詩的本質才對。

尤其是最近重視那些社會化的「參與詩」風氣，值得反省。詩，應具有社會功能；詩，應與現實結合；詩，應為大我見證。但不可硬要如此。詩，還是詩，寫好詩，寫真詩的話，筆下自然容納小我和大我，當然也容納個人與時代精神。如果偏重以詩發揮社會功能的話，只順著政治詩、歌頌詩一條路走下去，把詩當成了改造社會、提高群眾意識的利器，那麼，何不乾脆主張全民的活動呢？

詩，寧有真偽、好壞之分別；不可硬分純粹與參與。而且詩的眼睛，不僅是看現實，還要看古今往來。

第二、「鄉土」、「晦澀」等老問題，已經過去了。即使還存在，也不必焦慮。晦澀裡也有深奧的，務須分別，如果怕晦澀而轉求平白，也可能陷為淺俗；鄉土性是需要的，務須追求，如果怕鄉土的狹窄而偏向海洋，也可能失去了泥土。因此寧可稍晦澀，不要淺俗，可以鄉土不可地域主義的了。

第三、早日樹立嚴正客觀的批評風氣。尤其是詩社亂立，不必考驗，不必推荐的自由風氣，令人憂心。在臺灣，做一個詩人太簡單，但做一個好詩人卻很難。往往是隨便召集幾個同仁，自掏腰包，辦個詩刊，大家便都步上大雅之堂，有所炫耀了。

第四、再三請求政府當局，早日整理並適度開放三〇年代的文學，不管好壞。臺灣的書攤上，隨處可買到換裝改版的三〇年代的作品，既然如此，不如早日整理開放，以避免文學演變上的斷層現象，也好讓年輕一代更瞭解新文學的脈絡。

第五、應鼓勵海外華人詩壇，並應加強與海外的聯繫。遠從六〇年代起，很多成長在臺灣的詩人，先後出國，旅居海外，為數增多，就如紀弦、彭邦楨、余光中、鄭愁予、葉維廉、楊牧、方思、林泠、張錯、非馬、戴天、王潤華等。這是何等飄泊的年代！他們過去在臺灣，幾乎都曾經是重要的角色，儘管他們自稱「放逐在外」，他們的作品仍是屬於臺灣的，這樣一來，海外華人詩壇是本土的擴展，也是臺灣鄉土精神的延伸，但他們已經不是本土的主流。

日後，他們的意識與技巧，可能在特殊的現實環境之下產生新的風格，也許已經開始變貌，更說不定他們在遠方作證這一代的中國，一如不少歐美詩人，離了鄉才寫了祖國似的。

《創世紀》詩刊在臺灣詩壇之地位

臺灣現代詩的火種，原由大陸帶來，而第一把火，該是《現代詩》季刊，不久就與《藍星》、《創世紀》詩刊三足鼎立。這三個詩社掀起了現代詩運動，並帶動高潮；而六〇年代中期，乘《現代詩》停刊，其成員投入「創世紀」之時，另有《笠》詩刊抬頭，仍然造成三足鼎立之現狀。

《創世紀》，是原由兩位歷經戰亂的「窮小子」❶張默和洛夫，只憑他們一股愛詩的傻勁，掏出四百元新臺幣，創刊於一九五四年十月在臺灣南部的一座軍港——左營。其題號「創世紀」也是他們從一家書店，翻開一本散文集的某些篇章裏被發現的，而其當初的動機也只在針對「詩壇霸王」❷——《現代詩》刊，可見「創」的升火，是非常偶然，也非常快速的。

❶ 張默，〈創世紀春秋〉（《創世紀》，五十八期，頁一六，一九八二、六）。

❷ 〈創世紀的路向〉（代發刊詞）（《創世紀》，一期，一九五四、一〇）。

《創世紀》之出現，在當年雖係「一顆最小最微弱的詩火」，但馬上引起青年詩人；如瘂弦、辛鬱、彭邦楨、洛夫等之熱烈支持，迅速擴展。開始雖然只是研習的試驗階段，但到了一九五九年以後卻擔當了臺灣詩壇最前衛的角色。至少六〇年代的《創世紀》是臺灣詩壇的「盟主」，衝勁最強，一直沒停止對現代詩的播種與耕耘，故有人如此評估：「對現代詩的主張貢獻最大的該是創世紀諸人」❸。

《創世紀》的基本成員，原以自大陸渡海來臺的軍中詩人為主，還有少數學院派詩人加盟。主要同仁，早期除了張默、洛夫、瘂弦等「鐵三角」之外，尚有葉泥、季紅、彩羽、葉笛、辛鬱、張拓蕪等，而《創世紀》陣容之擴大，卻是由於《現代詩》停刊，詩壇處於一種真空狀態的一九六四年前後，鄭愁予、商禽、葉珊（楊牧）、葉維廉、管管、碧果、周鼎、白萩、大荒等傑出詩人均來參加❹。後來還有張堃、張漢良、江中明、沈志方、侯吉諒等年輕一代，繼續接棒，最近另有艾農、杜十三、陳明哲、許露麟、簡政珍、游喚、楊平等加盟。但他們始終是由二十幾位共同集資經營，仍是「一支沒有薪餉，暫無稿酬的隊伍。」❺

❸ 李歐梵，〈中國現代文學的現代主義〉（吳新發譯，《現代文學》，十四期，一九八一、六）。

❹ 洛夫，〈詩壇春秋三十年〉（《中外文學》，一二〇期，一九八二、五）。

❺ 《創世紀》，從創刊直到最近一期，「稿約」均如此聲明。

《創世紀》三十五年的發展，可分三期；其分法如：初期自一九五四到一九五八年（第一期到十期），中期自一九五九到一九六九年（第十一期到二十九期），後期則自一九七二年到現在（第三十期到七十七期）。

分法大體如此，但也有人稱她「試驗期」、「創造期」、「自覺期」❻，或者「草萊時期」、「繁花時期」、「綠蔭時期」等❼，而均以為六〇年代是《創世紀》的黃金時代。

如果進一步分析，每期又可以分成前後期如試驗期的前期（一～四）係研習階段，後期（五～一〇）係正式標榜「新民族詩型」階段，創造期的前期（一一～二一）係頂峰階段，後期（二二～二九）係共同經營階段；自覺期的前期（三〇～六五）係復刊之後論戰階段，後期（六六～七七）係改組換代階段。概括來說，她的鼎盛時期，就是創造期的前期，即從一九五九年到一九六四年。「創」在此期，擴版為二十開本，一開始便標榜「第一流的心靈」，跟著樹立理論與批評，並追求詩之純粹與凝鍊，到了一九六四年的二十一期（正是十週年紀念號），竟由她的代社論喊出了「寫詩即是對付這殘酷命運的一種報復手段。」❽更可貴的

❻ 見註❹。

❼ 蕭蕭，〈創世紀風雲〉（《臺灣時報》副刊，一九八一、八、一九～二一）。

❽ 洛夫，〈詩人之鏡〉（代社論）（《創世紀》，二十一期，一九六四、十二）。

是臺灣現代詩史上膾炙人口的傑作，多產於此一時期。尤其是一九五九年七月發行的十二期，堪稱頂峰，從此「創」即一躍而為詩壇的「主流」❾。

《創世紀》試驗期的前期，是一個研習階段，自己也承認「幼弱」❿。雖由代發刊詞聲明三點，以標示他們的基本立場，但其內容卻網羅各家各派之初期技巧，集現實與浪漫於一爐，故時見小我抒情，時見戰鬥氣息，也有海洋情調⓫。後期為標榜新民族詩型階段，原倣「文學改良芻議」之模式，主張藝術的、中國的，並針對「現代派」的某些信條而發。她的主張，並非空洞，而是具體徹底，在他們集體創作的〈創世紀交響曲〉這首長篇朗誦詩中曾反對「消閒詩」、「訴苦詩」、「牢騷詩」、「戀詩」、「漫罵詩」、「口號詩」、「教條詩」等⓬，並

---

❾《創世紀》，十二期（一九五九、七）係梵樂希逝世十四週年紀念號；該期有商禽的〈長頸鹿〉、葉珊的〈蝴蝶結〉、瘂弦的〈深淵〉、洛夫的〈石室之死亡〉等見載。編輯人手記中：「本刊是當前中國詩壇藝術發展運動中之一個力量（甚至是主流），實非一個詩派」。

❿〈五年之後〉（社論）《創世紀》，十三期，一九五九、一〇）：「由幼弱的創始階段，通過新民族詩型的誘導階段，而進入今日碩壯的、統一的、純粹的收穫階段」。

⓫《創世紀》，四期（一九五五、一〇）曾特輯戰鬥詩，還有數篇反共詩來響應政府之號召。

⓬載於《創世紀》，五期（一九五六、三）。

進一步提出「詩之感性」、「詩之現代化」、「感覺化」、「超現實化」等創作觀念，但主張雖好，卻沒有實際的創作配合，結果難免雷大雨小，正如她自己所承認的，這只是「導誘」⓭，只是「初步工作」⓮。

《創世紀》創造期的前期，是臺灣現代詩的頂峰階段，已如前述。這一時期曾透過兩次社論與兩次代社論⓯，來表明該社的立場；如強調「表現自我」、「直覺形相」、「瞬間真貌」、「聯想與暗示」、「壓縮與張力」等，主要偏重在技巧革新。尤其他們同仁，大多為他們的美學信仰與反映時代所服役。他們有的是身歷戰亂與生活折磨的經驗，而他們卻將這些經驗，以超現實手法來表現，使現實昇華。他們深知現實題材，遠則空疏，近則粗淺。這是一種藝術手法，也是政治干擾文學的現實中詩人保護自己的消極方法。至於創造期的後期，仍然繼續前期的風格，仍然主張詩的真度、深度、純度⓰。就其詩刊的經營方法與推動詩運來

⓭ 見註❿。

⓮ 《創世紀》，十期（一九五八、四）編輯人語：「本刊……強調新民族詩型，僅是我們推行詩運中的初步工作」。

⓯ 兩次社論，包括〈五年之後〉、〈第二階段〉（《創世紀》，十三、十四期）；兩次代社論，包括葉維廉的〈詩的再認〉、洛夫的〈詩人之鏡〉（《創世紀》，十七、二十一期）。

說，大有改變，經營上從少數改為多數共同經營，編輯上新開闢「詩壇史料」，運動上主辦「現代藝術季」，及編印《中國現代詩選》等。

《創世紀》自覺期的前期，即復刊之後，儘管在論戰的風雨中，備受攻擊⑰，但並不放棄詩的藝術性；一面應戰，一面挑戰。《創世紀》停刊三年，暫時與《南北笛》合併組成《詩宗》，但於一九七二年九月，卻以「一顆不死的麥子」復甦⑱，並對自己加以反省與警惕，堅持「現代詩必將繼續成長」的信心，反對詩的大眾化，「反對粗鄙墮落的通俗化、離開美學基礎的社會化、沒有民族背景的西化、三〇年代的政治化」⑲。她們在經濟危機和孤立局

---

⑯《創世紀》，二十三期（一九六六、一）編後。

⑰現代詩論戰，起自關傑明的〈中國現代詩的困境〉《中國時報》人間副刊，一九七二、二、二八～二九），繼後由唐文標等撰文攻擊《創世紀》的作風，蓋不外乎說她「偏激」、「晦澀」、「失根」、「西化」、「失眾」等。

⑱〈一顆不死的麥子〉（復刊詞）《創世紀》，三十期，一九七二、九）。

⑲〈請為中國詩壇保留一份純淨〉（社論）《創世紀》，三十七期，一九七四、七）。這種四項反對，再被三十八期《創世紀》，一九七四、一〇）的社論〈我們的信念與期許〉（本刊創刊二十週年紀念感言）所收錄。

面中苦撐了二十年，是難能可貴的。她們繼續力主「重整詩的形式」⑳，並呼籲「傳承現代詩的香火」㉑，但由於詩壇鄉土化、散文化、社會化的新潮，現代詩勢必融合回歸。至於後期，換新改組，掌握了三十多年編輯權的元老同仁終於將棒子交給了年輕的一代。

《創世紀》，飽嘗了三十五年的風雨，始終提倡詩的「獨創性」、「純粹性」而不變。三十五年中，雖然一度休刊，卻一直未曾停止現代詩的耕耘。七〇年代雖然被人攻擊，而一直勇於創新，尤其在創作技巧的突破與革新這一方面最有成就，向歷史已有交代。

六〇年代，臺灣離開大陸母體文化，已有十年之久。由於政治變化，詩人都有一種飄泊無根的失落感，而一個詩人強烈的藝術信仰，卻在游離的精神狀態中更見內燃，因此正是易於將孤絕與鬱苦溶解於超現實主義。她們所運用的超現實手法，並非逃避。而是借來的一種表現方法。《創世紀》的成員，早期雖以軍人為主，卻沒有號角的色彩，她的技巧，雖是西化，但多融會了中國古典精神與語詞；她的題材，雖非表層的現實，卻抓住生命和自我的深度。《創世紀》不逃避現實，也不放棄藝術的創作原則。臺灣現代詩史上成名的傑作中如：紀弦的〈阿富羅底之死〉、瘂弦的〈深淵〉、〈如歌的行板〉、洛夫的〈石室之死亡〉、〈長恨歌〉、

---

⑳ 洛夫，〈重整詩的形式〉（《創世紀》，五十六期，一九八一、六）。

㉑ 社論〈傳承現代詩的香火〉（《創世紀》，六十一期，一九八三、五）。

商禽的〈長頸鹿〉、〈鴿子〉、〈遙遠的催眠〉、林亨泰的〈風景〉、〈非情之歌〉、季紅的〈鷺鷥〉、葉維廉的〈降臨〉、〈水鄉之歌〉、鄭愁予的〈壩上印象〉、〈草生原〉、林泠的〈雪地上〉、余光中的〈西螺大橋〉、〈自塑〉、辛鬱的〈青色平原上的一個人〉、〈演出的我〉、白萩的〈雁〉、〈貓〉、管管的〈三朵紅色的罌粟花〉、〈太陽〉、大荒的〈幻影，佳節的明日〉、張默的〈無調之歌〉、〈陋室賦〉等㉒均在《創世紀》發表。

除了詩作本身以外，《創世紀》還有幾點貢獻，如：《中國現代詩選》、《六十年代詩選》、《七十年代詩選》、《八十年代詩選》等詩選之出版與新史史料整理，如《中國新詩年表》、《民國以來新詩總目初編》、《中國新詩過眼錄》等整理新詩遺產的編輯工作（多由瘂弦整理）。

據《創世紀》三十周年特大號的統計，她共發表詩作四千餘首，作者凡六七五人㉓，而今天該超越了這個數目，可見她的成就，兼重質量。

㉒〈第二十八個春秋之後〉（《創世紀》，五十九期，一九八二、一〇）。「其一刊載優異詩作」項中提六十位詩人的九十八首詩。

㉓《創世紀》，六十五期（一九八四、一〇）。

中國民辦刊物的抵抗詩風格（一九七八～一九八一）

一、民刊的出現

所謂「民刊」，係在中國大陸民辦刊物的簡稱，也有人稱為地下刊物、非官刊物、英譯Underground Periodicals，或者Unofficial Documents❶。

民刊自從一九七八年十月開始，始於貴陽的《啟蒙》，該刊第一期於一九七八年十月十一日發行，第二個刊物是北京的《四五論壇》，同年十二月十六日以大字報貼在民主牆上，其次是《今天》，也以大字報出現於同年十二月二十三日，再其次是《群眾參考消息》。其他民刊，北京與北京以外地區接踵而起，一直到中共下達「九號文件」，指控民刊為「非法刊

❶ *Unofficial Documents of the Democracy Movement in Communist China (1978～1981)*, East Asian Collection Hoover Institution, Stanford, CA. U.S.A. 1986.

物」的一九八一年二月，分別在北京與北京以外的大城市（如：上海、廣州、天津、青島、長沙、開封、杭州、武漢、安陽、韶關、貴陽、崇明島、臨清、哈爾濱、寧波、溫州、太原、錦州、西安、保定、重慶、四川萬縣、南京、濟南、萍鄉、衡陽、成都、昆明、長春等），還有大學生自辦刊物（如：北京大學、北京師大、北京師院、北京廣播學院、福建師大、復旦大學、貴州大學、貴陽師院、廣州師院、贛南師專、杭州大學、杭州師院、湖南師院、湖南師院零陵分院、濟南大學、江蘇師院、華中師院、蘭州大學、南開大學、南京大學、南京師院、上海師大、四川大學、山東大學、陝西師大、山西大學、武漢大學、溫州師專、西北大學、徐州師院、中國人民大學、中央民族學院、張家口師院、廈門大學等），根據目前統計、共達一六八種，包括北京地區發行的四十六種、北京以外發行的七十八種、大學生自辦的刊物四十四種❷。

---

❷ *Minpan Kanwu*（民辦刊物）(East Asian Collection Hoover Institution, Stanford, CA) Compiled by I-mu 1986 上所載的共有七十種，*Claude Widor Collection*（《華達存集》），Unofficial Journals published Outside Peking（民辦刊物，北京外地出版）上所載的共有六十七種，合則總共一百三十七種，但經筆者發現重複者有八種，另有五種，應屬於大學生自辦刊物，如果除掉十三種，應是一百二十四種，大學生自辦刊物目錄，據陳若曦著《生活隨筆》（臺北，時報文化公司，一九八一）附錄「大學生自

這些民刊，大多以油印為主的方式出版的地下刊物，其頁數，小者四頁，多者平均五十五頁（如：《沃土》），版面多半係十六開，而訂、售、贈均有，發行量各不同，如《探索》創刊號印一百五十份，因群眾搶購，銷路太好，第二期增印至二百五十份，《四五論壇》，發行一千本，通常星期日下午在西單民主牆前出售，還有《北京之春》三期，爭取鉛印，印行了一萬份❸。而民刊之外形，非常不講究，儘管插畫、封面等，未免形式化，但其內容非常豐富，編者有的署名，參加人員，多至二十人以上，少者一二人，編者年齡，年輕活潑，二十歲到二十九歲者佔一半以上，可見他們編地下刊物是大字報運動往前發展的結果❹，也是民主牆的活躍組織。

民刊於一九七八年十二月出現，而一九七九年早春與秋季才是高潮，一九八〇年下半年起消沉，尤其中共於九月十日在五屆人大取消四大（大鳴、大放、大辯論、大字報）條款之後，京外民刊顯著受限，而當年七月，三十三份民刊聯合出版《責任》雙月刊，截至八一年

錄刊物名單」，共有四十三種，另加全國十三所大學合辦的《這一代》一種，共計四十四種。

❸ 劉勝驥，《大陸民辦刊物的形式和內容分析（一九七八～一九八〇）》（臺北，留學出版社，一九八四），第一章，〈地下刊物的形式〉引宏欣，〈北京的民辦刊物〉（香港，《爭鳴》）。

❹ 許行，〈中國民刊的崛起和掙扎圖存〉（代序）（香港，一九八〇）。

一月為止，尚有十四份民刊不定期出版，一九八一年二月，竟下達「九號文件」，一九八一年四月到六月間，終於逮捕了徐文立、王希哲、傅申奇等二十二位民刊編輯，算是鎮壓了一次野火，就再也不見燎原之火了。

二、民刊的內容

民刊確是大字報的演進，大字報確是引起群眾的反四人幫運動，而〈天安門詩歌〉是「四五」（清明節）運動的產物，且是最震撼人心的方法之一。〈天安門詩歌〉，全是詛咒、揭露、控訴、聲討四人幫，而民刊在打倒四人幫的基礎上，進一步爭取人權與民主的言論，基本上是大字報的延續而已，只是大字報由於受張貼環境的限制，沒辦法克服它的易損性、短暫性。大字報，除了政治評論、請願、新聞之外，還有詩文、小說、廣告、漫畫、歌曲等相當廣範，而民刊內容，仍是沒有超過它，只是篇幅增多，內容深入。

透過代表性的民刊發刊詞，可以把握各刊物的基本方向，幾乎所有的民刊，均可在民主運動和人權運動兩個口號統一起來❺，就如：

《四五論壇》發刊詞中說：「……使憲法由一紙條文變為我國社會存在和發展的基礎。

❺ 上書第一章第三節，〈地下刊物的影響〉，頁二四。

……一個民主、自由、繁榮富強的中國，就在前面！」

《北京之春》發刊詞中說：「社會主義的民主與科學的鮮花將迎著飛雪與春寒傲然怒放，經過偉大的轟轟烈烈的四五運動洗禮的中國人民，將以不屈不撓的戰鬥精神，迎接百花盛開的《北京之春》。」

《時代》發刊詞中說：「我國目前正處於一個偉大的變革時期，……西單民主牆在這一變革的歷史中，將發揮它一定的作用。」

《新天地》發刊詞中說：「當前首要任務是履行憲法規定的，人民有權監督和管理自己的國家，為民主、法制、變革而大聲疾呼。」

《今天》代發刊詞——〈致讀者〉中說：「歷史終於給了我們機會，使我們這代人能夠把握埋藏在心中十年之久的歌放聲唱出來，而不致再遭到雷霆的處罰，我們不能再等待了，等待就是倒退，因為歷史已經前進了。」

《啟蒙》（創刊號）上〈獻給啟蒙的歌〉：「你——熾熱的火炬，在摸索中擎起。」

《浙江之春》（創刊號）上，〈我們〉——全國民辦刊物之歌：「我們是中華兒女，我們要爭當時代的先驅。」

《探索》復刊聲明中說：「探索雜誌是由熱情追求真理的青年創辦的，……使中國人民的物質生活和精神生活能達到世界先進水平。」

《中國人權》第二期封面說：「為自由民主、平等、人權，為中華民族進步繁榮，公民們團結起來奮勇前進！」

《生活》發刊啟事說：「主要內容，詩歌、小說、雜文、文藝評論。為祖國的進步、人民的幸福，盡我們的一點力量。」

剛好抽樣了十個刊物的發刊詞，或者代發刊詞的詩歌、啟事等，不是強調民主、人權，就是呼籲為民族國家爭氣，或者為歷史鼓勵前進，其他刊物的宗旨，也不外乎民主、人權，如果再進一步分析，也不外乎主張社會主義民主、社會主義法制，或者社會主義悲劇文學、社會主義傷痕文學。

就如：《探索》、《四五論壇》、《中國人權》、《群眾參考消息》、《時代》、《民主之聲》、《渤海之濱》、《海浪花》、《志友論壇》、《民主磚》、《理想通訊》、《共和報》、《人民之路》等民刊，均以主張民主、西方式民主、社會主義式民主；而《求是報》、《使命》等主張社會主義法制，至於《鐘聲》、《吶喊》等為工人市民利益爭取權利，還有《沃土》、《秋實》、《今天》、《北江》等主張社會主義悲劇文學一樣❻。

❻ 上書表三，〈地下刊物的命運現況〉，頁二七。

如果為了具體了解，分析它的常用字彙，更可以獲得客觀的答覆，據《探索》、《四五論壇》、《北京之春》、《求是報》、《中國人權》等五種民刊做為樣本的分析，民主、人民、中國等三詞是列為十大常用字彙之內，其次重要者為社會主義、權、法、群眾、黨、革命、自由、國家等字彙❼。

以上所列之字彙，儘管均為政治法律類，而均出自黨的詞性，正是中共政治文化的產物，也是地下刊物的最簡明的趨勢，其實每一個字代表強烈的意識，就如「民主」一詞，表示政治的目標，難怪它被引述的範圍廣泛，被用的次數，達成最高紀錄，「人民」一詞，表示國家的主人，難怪列為第二常用字彙，「中國」一詞，表示本體(identity)，它的提法有中國、本國、祖國、我國等，他們的國家意識，多以民族為出發點，而不以國家政權為出發。

單單根據此三字彙，可以舉出三種意識，「民主」係政治意識，「人民」係社會意識，「中國」係本土意識，中國大陸民刊所追求的是民主、人民、中國，衝破了一切思想的禁區，而探索的道路，也是為民主而鬥爭，為人民而抵抗，為中國而忠愛。總之，一九七八年末起出現的民刊，就是配合中國大陸青年的民主人權運動的❽。

❼ 上書第七節，〈綜合研究〉表一，〈地方刊物之常用字彙〉。

❽ "The Democracy Movement", *Beijing Street Voices*, by David S.G. Goodman, Marion Boyars London,

三、民刊的詩歌

大約一百六十多種民刊，大分政治類、社會類、文學類。登詩的園地，非常普遍，至於政治、社會性的刊物，也照樣配合登詩，至於純文學刊物，不必再說，專門的詩刊，也有幾個。如果承認民刊是大字報的往前發展，也應該同時承認民刊的靈魂來自天安門的四五運動，而天安門運動，原來以詩歌為武器的。曾經參加天安門事件者，他們大多是一批銳氣十足的青年加進了詩歌的新軍❾。詩歌這種樣式，在政治鬥爭中，充當了前鋒的角色，就像哲學革命作了十九世紀德國政治變革的前導一樣❿。

專門性的詩刊，有如：《求索》（北大中文系，一九七九、二創刊）、《志新》（北京，志新詩社，一九七九、十創刊）、《新詩學》（貴州，解凍社，一九七九）、《燭光》（貴陽師範學院詩社，一九七九）、《揚帆》（杭州大學詩社）、《赤子心》（濟南大學詩社）、《愛情》（張家口師範學院詩社）、《聚星》（重慶，一九八〇、十二）等八種。

Boston, 1981.

❾ 劉登翰，〈新詩的繁榮和危機〉（評一九七九年詩）（《新詩的現狀與展望》）。

❿ 劉夢溪，〈天安門詩歌運動評贊〉（北京，《詩刊》，一九七八、十一）。

純文學刊物，有如：《今天》（北京，一九七八、十二）、《秋實》（北京，一九七九、三）、《沃土》（北京，一九七九、二）、《百花》（北京，一九七九、九）、《文友》（上海）、《玫瑰》（杭州，一九八〇）、《人間》（寧波，一九八〇、二）、《飛碟》（寧波，國民刊協會，一九八〇、九）、《地平線》（寧波，一九七九？）、《天名社》（開封，一九八〇？）、《星光》（安陽，一九八〇？）、《春從》（長沙，一九八〇？）、《浪花》（廣州，一九七九、八）、《生活》（廣州，一九七九、四）、《雪花》（長春，？）等十五種之外，還有大學生自辦刊物中較重要的純文學刊物，也有如：《早晨》（北大）、《未名湖》（北大）、《初航》（北京師大）、《秋實》（北京廣播學院）、《文學公民》（杭州大學）、《這一代》（武漢大學中文系）、《我們》（杭州師院）、《沃野》（山東大學）、《紅葉》（濟南大學）、《錦江》（四川大學）、《春天》（山西大學）、《紅豆》（中山大學）、《耕耘》（南京大學）等共有三十三種。

詩刊與純文學刊物，共合五十六種，已佔民刊的三分之一，還有《民主牆》、《啟蒙》、《四五論壇》、《科學民主法制》、《原上草》、《月滿樓》、《群眾參考消息》、《求是報》、《北京之春》、《民主磚》、《嵐風》、《人民之聲》等綜合月刊、政治法律之類民刊，幾乎都登詩，中國新詩有史以來，從來沒有這麼熱烈的詩潮。只是這些時代，需要詩的社會機能與戰鬥作用，遠多於藝術機能與審美作用。

說起來，民刊的詩歌，雖然推廣到各種民刊，而較具水平的詩作，仍是集中在幾個文學刊物，如：《今天》、《沃土》、《秋實》等，甚至超過專門性的詩刊，因為詩刊尚未具型。

四、抵抗詩的風格

當然，民刊的產生，並不是一件好現象，它已經反映了當地社會缺乏自由的言論出版，但它的行為是起死回生的堅決勇氣。換句話說，人民之求知求新求變的程度，到了飢渴的時候，應該起來爭取。人民之基本生活、基本權利，日漸崩潰了的時候，應該起來抵抗。要行動，要抗爭，要吶喊。人民的忍耐，已經到了盡頭。果然「憤怒出詩人」，民刊的詩歌，使詩歌的發洩作用，得到了發揮，我稱謂「抵抗詩」的所以就在這兒。

純詩刊《求索》，原由北京大學中文系出版於一九七九年二月，但卻是習作性的小型詩刊，《聚星》於一九八〇年十二月創刊於重慶，詩作兼抒情與批評，但僅出一期，豐富的詩作，卻在綜合性的文學刊物《今天》、《沃土》、《秋實》等見得更多。

本由北京地區二十多個熱愛文學的青年工人和大學生們創辦的《今天》，標榜「為文學而文學」，就由北京市建設公司開風鑽的工人北島主編，還由造紙工芒克負責編輯，該刊之主要詩人，寫詩技巧，新穎又潑辣，被稱為現代印象派詩人，一共出到九期。

另由一群青年工人與知識青年，創刊於一九七九年一月出到六期的《沃土》，每期有評論、雜文、詩歌、小說，而《沃土》詩歌，偏重民生疾苦，並揭露政治黑暗，但與《今天》迥然不同，而且他們號召「新人文學」，來取代傷痕文學。

還有餘光、姚鋒等知識青年主編的《秋實》，創刊於一九七九年三月，詛咒黨國領袖，有血有淚，出到五期停掉了。

這些民刊的青年詩人，幾乎都是工人、農民、兵士、知識青年，而他們筆下的生活領域，非常尖銳，很有詩敏感、政治敏感，不妨引用「詩神經」⓫這句話來形容他們的風貌。

他們民刊詩人的出發點是《今天》，而《今天》並非是突來的，而是「血淚中升起黎明的」，又是「植根于過去古老的沃土裡」的⓬。這裡同時發現血淋淋的現實感與古老的歷史

⓫ 二十二院校編寫，《中國當代文學史》（福州，福建人民出版社，一九八五、九），卷三，第三編第三章第五節，〈青年詩作者的詩〉，頁一七〇，「青年詩作者擴展了詩的世界，……他們都有最敏感的『詩神經』。」

⓬ 〈致讀者〉（《今天》，創刊號）：「歷史終於給了我們機會，使我們這代人能夠把埋藏在心中十年之久的歌放聲唱出來，……而今天，在血淚中升起黎明的今天。……我們的今天，植根於過去古老的沃土裡，植根於為之而生，為之而死的信念中。過去的已經過去，未來尚且遙遠，對於我們這代

意識，換句話說，面對現實，而不忘繼往開來，這是他們基本的看法。

民刊詩人第一個態度是不信一切，否定一切，不滿一切。他們的不信，甚至「不相信天是藍的」⓭，他們的否定，否定到「一切都是命運」⓮，他們把世界看得混淆，甚至看得「世界在大風大雨中出浴」⓯。但這種不信，這種否定，並非不信或否定一個人，而是不信或否一個時代。而且這種不信或否定，源自對一個民族一個國家的祈願、希望，也可以說一種嚴厲的鞭策、批評，正如芒克所說：「我是詩人，我是叛逆的影子。……我是詩人，我是帶血的紙片。……我是詩人，我是一面旗幟」⓰。

民刊的詩歌裡，不是沒有歌頌的、贊美的、光明的，剛剛摻半了批評的、懷疑的、黑暗的。大體來說，中國大陸的詩壇，自從一九七八年下半年起，已經進入「不穿了制服」的年代⓱，其實這就是「漫長的冬夜，等待過春天」⓲的結果。四人幫倒垮了之後，雖然顯著雙

人來講，今天，只有今天。」

⓭ 摘自北島，〈回答〉（《今天》，一期）。

⓮ 摘自北島，〈一切〉（《今天》，三期）。

⓯ 取自黃翔，〈世界在大風大雨中浴出〉，《火神交響詩》中之一個詩題。

⓰ 摘自芒克，〈我是詩人〉（《今天》，一期）。

百的氣氛，但自一九七六到七八年的詩歌，大量是歌頌，宗教式的頌贊，尚未絕跡，就以詩與人民的關係與詩與藝術關係來說，應該從一九七八年的冬天，才見得突破性的發展了。恰與中共於一九七八年十一月召開三中全會，公布天安門事件平反的時期配合。

總是憤怒出詩人。天安門詩歌運動對四人幫的憤怒，變為文字的怒吼，再由怒吼，改為抵抗，抵抗本身就是詩。

這兩年民刊的詩歌，它的主題，是民主與人權，它的基本態度，是不信與抵抗，僅管它的內容多樣，而不超出它的範圍。

第一個內容，是描寫黑暗的現實，揭破悲劇性的時代。這是基於憂傷的時代，由於無限的疑懼，游離徬徨，所目睹的、所耳聽的，均是黑暗。那些詩，就如：

太陽升起來，把這天空
染成了血淋淋的盾牌

---

⑰ 卞之琳，〈今日新詩面臨的藝術問題〉（北京，《新華文摘》，一九八一、九）：「近兩年（嚴格說是從一九七八下半年或一九七九年初算起）來湧現了一些並非穿了制服的新詩。」

⑱ 白樺，〈五點和詩有關的感想〉（北京，《詩刊》，一九七九、三）。

（摘自芒克，〈天空〉，《今天》一期）

吝嗇的黑夜，
給乞丐灑下了星星的銀幣，
衰老的寂靜，
給孩子們帶來喃喃的夢囈。

（中略）

夜，湛藍色的網
星光的網結。
墓地的鐘聲。

（摘自艾珊，〈冷酷的希望〉，《今天》二期）

窗口睜開金色的瞳仁
你好，哀愁
又在那裡把我守候

（摘自阿城，〈你好，哀愁〉，《今天》三期）

大地灰濛濛，
我久久地望著你
我甚麼也不想說。

（摘自芒克，〈心事〉，《今天》三期）

太陽落了，
太陽爬了上來，
放肆地掠奪。
這田野將要毀滅，
人
將不知道往哪兒去了。

（摘自芒克，〈太陽落了〉，《今天》三期）

從北京到紅色的吐魯番
我帶回一串葡萄
它是我的眼淚
紫色的、綠色的
飽含著辛酸的靈水
從北京到吐魯番
眼淚灑在了路上

（摘自方含，〈在路上〉，《今天》三期）

我被釘在監獄的牆上
黑色的時間在聚攏，像一群群烏鴉。

（摘自江河，〈沒有寫完的詩〉，《今天》五期）

我是雪
是蒙向屍體的白布

（摘自嚴力，〈我是雪〉，《今天》八期）

悲哀的霧，
覆蓋著補釘般錯落的屋頂
在房子與房子之間
煙囪噴吐著灰燼般的人群
溫暖從明亮的樹梢吹散
逗留在貧困的煙頭上
一隻隻疲倦的手中
升起低沉的烏雲。

（摘自北島，〈結局或開始〉，《今天》九期）

流浪呵，流浪！
離鄉背井，遠去他方
走南闖北，東游西蕩。

（中略）

召喚我的是剩飯殘湯
陪伴我的是星星月亮。

（摘自長沙京生，〈再到北京去流浪〉，《四五論壇》十三期）

你將死於憐憫
你將死於對弱者的憐憫，
幸福死了
靈魂死了
生活死了，
她們卻伴著你發臭的屍身活著。

（摘自玉山，〈為了死的緣故〉，《月滿樓》三期）

當朝霞萬里，
我卻不能去呼吸那新鮮空氣，

因為我的鼻孔被堵塞著。

（摘自朱明華，〈悲鳴〉，《民主牆詩文選》十二）

玫瑰花盛開／玫瑰花盛開。
（中略）
有一朵最大的玫瑰花啊
撩起我心中的悲哀。

（摘自美爾，〈玫瑰花盛開〉，《沃土》二期）

絕食吧！兄弟，
如果一切都是假的。
活著還有什麼意義。

（摘自赤生，〈絕食吧！兄弟〉，《聚星》一期）

只舉了十四首詩的詩句，但其絕望的、黑色的，到了盡頭，他們把當代的中國，看待成

「血淋淋的盾牌」、「灰濛濛的大地」、「沒有太陽的田野」、「灑淚的路上」、「被釘的獄牆」、「蒙向屍體的白布」、「低沉的烏雲」，又把絕望的現實，視如「墓地的鐘聲」、「黑色的時間」，最後把你自己，看待成「剩飯殘湯」、「發臭的屍身」、「被塞的鼻孔」這麼絕望，乾脆不如呼籲「絕食吧！」，因為世上的一切，都是假的。這是整體的反映。

第二個內容，是懷舊的，懷的是十年文革的黑暗歷史。但透過詩歌而懷的。

這是四點零八分的北京，
一片手的海浪翻動，
這是四點零八分的北京，
一聲雄偉的汽笛長鳴。
（中略）
終於抓住了什麼東西，
管他是誰的手，不能鬆，
因為這是我的北京，
這是我的最後的北京。

（摘自食指，〈這是四點零八分的北京〉，《今天》四期）

千萬里江山悲歌，
四千天陰差陽錯，
一場惡夢拖得太久，
功與罪，誰來評說？

（摘自秦遲，〈千秋功罪〉，《秋實》一期）

誰能把屈死的冤魂，喚出冰冷的墓門？
誰能啟開死者久閉的嘴唇？
英靈啊！在最冰冷的地層，凍結著您發燙的紅心，
在最黑暗的牢獄，封鎖著您烈火般的弦琴。

（摘自甲必丹，〈淚吟問罪歌〉，《秋實》五期）

沒有殺人，沒有放火，

只是說了幾句肺腑之言，
不是貪污，不是盜竊，
絲毫沒有觸犯律條。
……為什麼，一個共產黨員，
被另一個黨員扭送監牢，
為什麼啊一個公民
讓另一個公民審判，
為甚麼一個無產階級戰士
給自己的同志以槍彈？

（摘自丙辰，〈血的啟示〉，《秋實》三、四、五期）

只舉四篇，各抄了一段，回顧血淚十年史，有的自己回顧流離的悲慘，有的揭露罪過，總是批判文革，但絕大的詩篇，係悼念文革當中被判刑的黨員與詩人，在民刊裡至少算上二十篇以上，簡直慰勞亡靈，或者為亡靈平反的感覺。

悼其被判刑的黨員的，有如：王靖的〈祭〉（《沃土》三期、《北京之春》五期）、白雪的

〈獻給他的詩句，只能是……〉（《沃土》一期）、吳瑕的〈英雄碑上的新浮雕〉（《沃土》一期）、譚建的〈謁施洋烈士墓〉（《沃土》四、五期）；悼其天安門詩人的，有譚建的〈殷夫之死〉（《沃土》二期）；悼女黨員張志新的，有如：王靖的〈感問〉（《沃土》四、五期）、布屏的〈英雄之歌〉（《人民之聲》十期）、陳正的〈永遠記著這慘酷的死〉（《人民之聲》十二期）、聞霄的〈祭張志新烈士〉（《秋實》五期）、良辛的〈為甚麼〉（《求是報》十四期）、良辛的〈革命的強者〉（《百花》一期）、乙亥的〈小花〉（《志新》一期）等還有很多篇。

尤其悼張志新特多，難怪專以「志新」取名的民刊也發行，原任中共遼寧省宣傳部女性幹部的張志新（一九三〇～一九七五），曾經參加了文革的行列，而目睹四人幫的破壞文化、橫行霸道，起而反抗，結果被捕處刑，民刊詩人，特以張志新做為題材的，必有來因。一則揭露官僚的極權，並控訴社會主義的墮落；一則塑造一個反抗的平民模型，以鼓勵第二個第三個的張志新崛起。一方面是追索，一方面是衝動。

第三個內容，是諷刺政府，揶揄社會矛盾，一直到諷刺自己。就如：

蚌：軟弱的主人，只能依靠堅硬的大門，
我總是關著門生活。

自己是主人，卻賊似的生活。

（摘自詠喻，〈動物篇〉，《今天》一期）

路燈
整齊的光明
整齊的黑暗。

（摘自芒克，〈十月的獻詩〉，《今天》二期）

受夠無情的戲弄之後，
我不再把自己當成人看，
彷彿我成了一條瘋狗，
漫無目的地遊蕩人間。

（摘自食指，〈瘋狗〉，《今天》二期）

通過森嚴的門警

圍牆院內有樹木深蔭
小臥車無聲地駛過
高樓前面十分清冷。
值班員臉上冷漠的表情
辦事人埋頭於寫不完的公文
在偌大的辦公室裏
部長更顯得孤零零。

（摘自蕭木，〈衙門〉，《沃土》四、五期）

只因一隻彩蝶撲到泥裏
現實才露出它那灰褐色的臉。
儘管它曾一再喬裝改扮，
但革命並不是舊世界的美容院。

（摘自王靖，〈感問〉，《沃土》四、五期）

我是一個老百姓，文不通來理不懂，
（中略）
我生來為了一碗飯，管它民主泛濫不泛濫，
小民的話不頂用，何須拿著個包子往狗嘴裏送。
（摘自屠眾，〈我是一個老百姓〉，《嵐風》一期）

娶媳婦，過年——中國人的口頭禪，
莫說時光送定了空空的流年，
莫說道義抹掉了你的清廉，
人活著還不是為了一個錢。
（摘自屠眾，〈流年〉，《嵐風》一期）

從前
他指著寶座上的皇帝說：
『這是個壞蛋！』

大家揭竿而起，
就把皇帝推翻。
如今，一轉眼，
他又坐到寶座上邊
還傳旨說：
『要保江山萬萬年。』

（摘自一個署名青年工人的，〈從前〉，《原上草》二期）

一位十六七歲的姑娘
光著腳丫，
在車站上的乘客中游移，
她用兩把菜刀伴奏，
斷斷續續的呼喚，
平板
但隱含悲戚。

美麗的百靈鳥，
無限自由，
動聽的歌從巧嘴發出，
但百靈鳥沒有思想。

（摘自景喻，〈賣菜刀的姑娘〉，《生活》四期）

坐慣了轉圈椅，
辦起公來有規律，
左轉——翻翻報表。
右轉——品品茶味。
前轉——嘮嘮閑嗑。
後轉——訓斥幾句。
轉來轉去寸步不移。

（摘自瀟瀟，〈思想〉，《百花》一期）

（摘自高昱，〈轉移〉，《民主牆詩文選》十二）

乞丐流落在街頭，
贊揚的難道是「社會主義」？
鏗鏘作響的車間裏，
主任挺著驕傲的肚皮。

（摘自尚月，〈交流〉，《四五論壇》十三期）

看那高官之弟子
有的打架鬥毆、耍流氓、無惡不作
竟可在父母的政治保護的傘下，
——逍遙法外。

（摘自梁金城（安陽機械廠工人），〈竟……〉，《民主磚》二期）

一個一無所有的駝子，

走進琳瑯滿目的貨架
看見擺滿了『理想』的精華，
民主、自由、平等、幸福……
到『共產主義』之花，
晶瑩璀燦，瑰麗無華。

（摘自向元，〈駝子〉，《人民之聲》七期）

寒風烈，
官僚專制民遭竊。
民遭竊，很少民主。
多是冤獄，
爭權奪利無休歇，口是心非還缺德。

（摘自徐成信，〈怨官僚主義〉，《民主牆詩文選》二）

這一類詩，不勝枚舉，諷刺對象，幾乎是官僚與政府，甚至共產主義，而諷刺方法，多係民歌民謠之風，否則運用象徵手法，偶而令人難懂。

借蚌來諷刺愚昧的人民，借路燈來揶揄全白全黑的政權。以瘋狗諷刺自己，以十六、七歲賣菜刀的姑娘來形容一個市民，諷刺官僚說「孤零零」，或者說「挺著肚皮」。詛罵高幹子弟說：「逍遙法外」，怨官僚說「口是心非」，諷刺頭目說：「一個一無所有的駝子」，罵頭目爭權奪利，自己爭取了才說「要保江山」，又罵沒思想的領袖說百靈鳥，又罵坐轉圈椅的官員說「轉來轉去，寸步不移」，最後又諷刺中國的老百姓說：「生來為了一碗飯」，或者說「為了一個錢」，那麼純樸，那麼貧窮。

中國文學有史以來，現實主義的傳統，連綿不絕，正是「為世用」論與「歌詩合為事」論之實踐⑲，而其所謂合事之詩歌，多半借古體詩、新樂府、諷刺詩、寓言詩、山歌、兒歌等民歌體裁。今天，中國的諷刺詩，仍是借民謠，可見並非突然而來。

第四個內容，是鼓吹鬥爭的，正是發揮詩歌的炸彈作用，以詩做為言語的旗幟。就如：

我是詩人，
我是一面旗幟

⑲「為世用」者，語出王充，《論衡・自紀》。「歌詩合為事」者，語出白居易，〈與元九書〉。

（摘自芒克，〈我是詩人〉，《今天》一期）

鬥爭就是我的主題，
我把我的詩和我的生命
獻給了紀念碑。

（摘自江河，〈紀念碑〉，《今天》三期）

把我交給海的泡沫吧。
讓我的呼吸在海洋的胸脯上起伏
我是在戰鬥中沈沒的每一條船隻
我是無數次戰鬥中悲壯的記憶。

（摘自江河，〈遺囑〉，《今天》三期）

那時候，人民
將不再是獨裁者發布命令時

為表示無條件接受而被迫舉起的
一隻隻無力的手。

（摘自方含，〈人民〉，《今天》三期）

為了黎明，我走向黑暗
為了生命，我擁抱死亡。

（摘自飛沙，〈為了〉，《今天》八期）

沒有火就沒有我的名字，
沒有花，沒有街道，沒有愛
沒有自由和春天。

我，站在這裏
代替另一個被殺害的人。

（摘自飛沙，〈顏色・紅〉，《今天》八期）

霞光刺激了它的神經
風暴吹動了它的肢體
它完全醒來了，於是——
它重新開始了暴怒的低吼。

（摘自北島，〈結局或開始〉，《今天》九期）

（摘自姚嵐，〈大海〉，《生活》一期）

萬千星球在你腳下運轉
諸天太陽在你體內收藏
啊！火神！我知道你已經向我走近
在漆黑的太空下我靜聽著你的步音。

（摘自黃翔，〈火神〉，《啟蒙叢刊》一期）

暴君們侮辱你

強盜們蔑視你，
劊子手們憎恨你，
不過，你仍然是你，
——活生生的你，
背著帶回的十字架，
高傲地站立在自由之神的火炬上。

（摘自凌冰，〈人的權利〉，《民主牆詩文選》九）

這些詩歌裡，所含的鬥爭意識較一般化的，鬥爭的目的，並沒有標明，但叫人把生命搖擺如旗，燃燒如火。尤其最後一篇，強調人的基本權利，承認信仰的自由，是非常難得。

第五個內容，是強調民主與自由的。這是民刊的主題，也是民刊存在的意義，問題在於如何詩化這種綱領性的主題，這裡難免口號化、概念化、說理化的八股，但把這種主題，加以形象化、藝術化的也相當多。就如：

我的朋友

分別的時刻已經臨近
再見了——民主牆
我能對你說點什麼呢？
說春天的寒冷
說你像臘梅一樣凋零。

（摘自凌冰，〈給你〉，《今天》四期）

傳統的鎖鏈結成了最後一環，
但是比這更有力的是人民的回答：
「應該將陳腐的木床付之一炬了」
要使祖國真正站起來，
只有依靠民主的火把。

（摘自艾國，〈祖國，你真的醒來了嗎？〉，《原上草》一期）

上有天，下有地

四五廣場被血洗，
人證、物證如鐵證，
人民要求評評理。

（摘自七律，〈民主法制請回答〉，《群眾參考消息》六期）

雖然藍色的幽靈在人群裏游蕩，
鐐銬聲在人們耳邊作響，
雖然『鐵的手腕』已扼殺了無數的生靈，
法西斯的魔爪又伸向燃燒的胸膛，
人民並沒有屈服
在民主牆自由高唱。

（摘自愚民，〈民主牆贊〉，《北京之春》二期）

官人都曉民主好，唯有高樓高不了，
玉堂春暖睡不足，貧民雜院全忘了

（摘自〈好了歌新編〉，《北京之春》二期）

每當我聽到這帶血的字眼，
心中總不免一陣陣抖顫。
啊！民主！你為什麼
幾千年來總是被專制強姦？

（摘自李舟生，〈不准侵犯〉，《北京之春》三期）

不！尖刀戳爛的
絕不僅是你喉音
它要想永遠割斷的
是人民發出的真理呼喚。

（摘自李舟生，〈人民的呼喚〉，《北京之春》八期）

一堵磚牆，

披掛著火光，
它在寒風中擴散著熱力，
置根於人民大眾的心上。

（摘自黎懷周，〈為民主而戰〉，《民主牆詩文選》一）

在可恨的舊社會，
一切都屬於權貴，
他們是社會的主人，
人民是卑下的奴僕。
如今古老神州，
早已翻天覆地
人民是社會的主人
百官是社會的公僕。

（摘自一笑，〈主與僕〉，《生活》四期）

詩人同志們！
我們寧願去歌頌民主牆上的一塊磚頭，
可千萬不要再去歌頌什麼救世主。

（摘自白樺，《民主磚》二期前言）

那麼
牆前的『民主』二字
下落不明
讓人民
去到那裏找？

（摘自曲有源，〈我在「牆」前尋找失蹤的「民主」〉，《民主磚》二期）

我是窮山野林裏一幅奔騰的山泉，
曾野馬似地在深谷溝壑跳躍、沖闖。

（摘自小溪，〈自白〉，《北京之春》三期）

甲：主人不是給你飛翔的自由了麼？
乙：我堅決不要！我能在籠子裏向外瞧一瞧，也就感到很幸福了。
甲：如果給我自由，我就毫不猶豫地飛出去，海闊天空，自由翱翔，那多麼愜意！
（摘自李鋒，〈鳥的對話〉，《民主牆詩文選》九）

一個啃著蘋果的孩子
用鐵環的勾子，
在雪地上畫出
誰也不會注意的凌亂曲線。
（中略）
我認得出他畫的是『自由』
（摘自美爾，〈我認得出他畫的是〉，《沃土》二期）

一個縹渺的共鳴在召喚著我

自由！自由！自由！
是在人間，還是在天堂。

（摘自樂山，〈自由〉，《嵐風》一期）

即使明天早上
槍口和血淋淋的太陽
讓我交出自由、青春和筆。
我也決不會交出這個夜晚
我決不會交出你，
讓牆壁堵住我的嘴唇吧

（摘自北島，〈雨夜〉，《今天》四期）

我多麼想留住這逃走的煙縷，
可那又正是你向我告別的身影。

（摘自食指，〈煙〉，《今天》五期）

帶我走吧！風。
到海和天空的邊緣
去追尋夢境。

（摘自小青，〈帶我走吧，風〉，《今天》八期）

我是世界上最大的精神浪費者
我選擇了自殺。

（摘自白日，〈夢之島〉，《今天》八期）

向你致敬啊！向你學習，
我們從征服自身的怯弱啟程，
馳向那征服宇宙的無限空間。

（摘自叢英，〈風〉，《生活》四期）

以上所舉的，均係強調民主、自由的。其中強調民主的，特多，可見取名為民主的民刊，也不少，尤其歌頌「民主牆」的更多，但幾乎都是口號。相反地強調自由的詩歌，頗富藝術性；就如：借山泉、野馬、飛鳥、雪地上的亂塗、煙縷、風等做為「自由」的意象，不僅如此，為了強調自由的可貴性，「即使明天早上，叫牆壁堵住我的嘴唇」，強烈表示「不會交出自由」的決心，或者寧可說「選擇了自殺」，不會交出自由的決心。

第六個內容，是愛家國的情懷，這是民刊詩人，對家國的慷慨精神，憂國憂時的具體表現。他們所歌頌的，是祖國與民族，並非特定的人，他們所提倡的，是民族的爭氣與國家的強大，他們所祈願的，是未來。地下詩人的歌唱，是一個民族苦難的時期，正如江河說的「在英雄倒下的地方，我起來歌唱祖國」，他們的歌，充滿著希望，正是中共於一九七八年十一月，召開了三中全會，號召了「解放思想」，敢於突破的時期，就如：

在英雄倒下的地方
我起來歌唱祖國

（摘自江河，〈祖國啊！祖國〉，《今天》四期）

我有一塊土地
我有一塊被曬黑的脊背
我有太陽能落進去的胸膛。

（摘自芒克，〈我有一塊土地〉，《今天》四期）

我們從自己的腳印上
結識了歷史，
（中略）
——依舊是腳印
我們卻說這是嶄新的生活和希望。

（摘自楊煉，〈我們從自己的腳印上〉，《今天》九期）

黃河——中華民族的母親，
黃河——偉大祖國的象徵，
黃河——你那一瀉千里無比壯偉的長流。

（摘自樂山，〈為黃河而吟詠〉，《嵐風》一期）

地球小小的藍藍的
我是它的一道裂痕

（摘自黃翔，〈長城的自白〉，《啟蒙叢刊》一期）

幾朵野花，
被踏成泥。
但是，根活著
並在地裡
埋得更深了。

（摘自謝愚，〈野花〉，《沃土》三期）

是這樣一片土地，
雄奇的五嶽，

如昆吾的寶劍，
放射著虹光紫氣，
浩淼淼的雲夢，
似湘君的眼波，
深情秀麗。

（摘自譚建，〈起來吧，共和國〉，《沃土》四期）

就從這裏開始
從我個人的歷史開始，
從億萬個死去的、活著的普通人的願望開始
從誕生之前就通過我
激動地呼出的名字開始
把用數字計算的人們
被遺忘的、隔閡著的人們
從蜷縮、單調、麻木中展開

舒展著各自的生活和權利。

（摘自江河，〈從這裏開始〉，《今天》八期）

希望，請落進我黑色的眼睛
請落在我粗糙的手掌

（摘自凌冰，〈希望〉，《今天》八期）

如果說現在我還有什麼奢念，
那麼我只是永遠地渴望著明天。

（摘自丁龍，〈渴望明天〉，《求索》一期）

給每一株小草
都有一掬生長的泥土

（摘自阿風，〈希望〉，《聚星》一期）

我已經嚐夠了過去的苦酒，
漠視命運的一切安排，
但是，當我蘇醒了，抬起頭來，
人們就會驚異我臉上的光彩。

（摘自曾愚，〈當希望又出現在我的面前〉，《原上草》一期）

朋友，堅定地相信未來吧。
相信不屈不撓的努力
相信戰勝死亡的年青，
相信未來，相信生命。

（摘自郭路生，〈相信未來〉，《北京之春》三期）

分手的時候
你對我說別這樣，
我們還年輕，

生活的路還長。

（摘自北島，〈星光〉，《今天》二期）

放下酒杯吧！朋友！
請不要再喝，
相信未來吧！
就像你相信我。

（摘自柔荻，〈放下酒杯吧，朋友〉，《原上草》二期）

假如地球依舊不停地轉動，
假如歷史還有她新的進程，
假如我的兒孫將延續不斷，
我就：相信未來，相信生命。

（摘自郭路生，〈相信生命〉，《北京之春》五期）

這些詩從愛國的情調出發，經過對自己家國的矜持驕傲，發展到對未來的堅決信心，而〈長城的自白〉、〈野花〉等頗有詩情，並沒有透過直接的訴說為國的衷誠，總是民刊詩人，有血有淚的青年集團，新鮮又純樸的，完全出自情真意切，並沒有廉價的頌辭，或者蒼白的樂觀⑳。

最後，第七個內容，是愛情。愛情詩在中國，一向被禁的，而當舒婷發表中國三十年來第一首情詩〈致橡樹〉給《今天》創刊號的時候，引起了震撼，隨著很多情詩出現，就如：

我如果愛你——
絕不像攀援的凌宵花
借你的高枝炫耀自己；
（中略）
我必須是你近旁的一株木棉，
做為樹的形象和你站在一起。

⑳ 謝冕，〈面對一個新的世界——一批青年詩人作品讀後〉（四川，《星星》，一九八一、九）：「廉價的頌辭和蒼白的樂觀主義，已經絕迹，而代之以現實生活的切實的和恰好其分的謳歌。」

（摘自舒婷，〈致橡樹〉，《今天》一期）

黃昏，黃昏。
丁家灘是你藍色的身影。
黃昏，黃昏。
情侶的頭髮在你肩頭飄動。

（摘自北島，〈黃昏，丁家灘〉，《今天》一期）

一切都在飛快地旋轉，
只有你在靜靜地微笑。

（中略）

回答我
星星永遠是星星麼？

（摘自北島，〈微笑、雪花、星星〉，《今天》一期）

我知道天上芙蓉花朵般的雪霞，
像你的腮幫染著胭脂
如石榴海棠那般殷紅鮮艷
溫柔而又熱烈。

（摘自〈我怕我愛的只是心中的美麗〉，《生活》四期）

愛，不僅僅是黃昏時分的幽會，
夜裡散步時戀人的心跳
光潔的臉上突然呈現的羞怯的紅暈，
顫抖的回答，火熱的月光，
愛，包涵這些而又不是這些。

（摘自李家華，〈愛情〉，《解凍》三期）

村街上燈火稀疏，
小巷裡夜色朦朧，

我們躲開街燈的跟蹤，
身影消失在巷子深處。

（摘自黃翔，〈田園交響詩・小巷裡夜色朦朧〉，《啟蒙叢刊》五期）

真想哼一支不成曲調的歌，
為甚麼默不出聲，我的愛人？
——傳來一聲鳥鳴，似身後撒下的音符，
——聽見一陣細浪，如歌聲散落的串珠。

（同上，〈月光照著陌生的山路〉）

剎那間我又記起了你，哦，水鷗，
那一天，你突然飛出了我心靈的內湖，
於是那片碧波，也彷彿被你的翅膀帶走，
不再波光閃耀，一片淤泥和乾涸

（同上，〈水鷗，剎那間我又記起了你〉）

唱歌最美的是詩人
我的歌啊，出自我的深心，
就像溢出了河床的浪花，就像湧出了深谷的白雲；
閉上眼睛傾聽吧，啊！姑娘，
這是心中愛情漲潮的濤聲。

（黃翔，《愛情的形象》中，〈唱歌最美的是詩人〉，《啟蒙叢刊》五期）

當妳出現在我的面前
我不敢抬起我的眼睛，
羞澀的愛情像一朵小花，
悄悄地在心靈的深谷裏躲藏，
走近它，找不到它的踪迹，
遠離它，透出淡淡的馨香。

（黃翔，《愛情的形象》中，〈初戀〉，《啟蒙叢刊》五期）

恰似一雙醉眼，
綿綿的蕩起千傾秋波，
宛如兩潭清水
微微的送出萬縷春情。

（摘自王素，〈愛情的巨網〉，《月滿樓》二期）

果然愛情的發現，不必經過訓練的，突破了禁區，立即找回本性，但她的技巧，相當初步，多帶說理性，或者敘事性，經過意象的構造，能夠來「一場靜悄悄的情感革命」㉑的詩人，只算是舒婷、黃翔、北島等而已，尤其黃翔的愛情組詩〈田園交響詩〉、〈愛情的形象〉裡，共收三十五首短詩，每首都富有意境，看她「霞光裡一片小銀杏林」、「村前的畫廊靜悄悄的」、「這兒遠離沉默的麥田」、「是春天又似往年的秋天」、「河岸上停著一隻空船」、「我又看見了久別的草原」、「冰山雪谷裏一條小河」、「今夜，遙遠的星球上」、「女神」等題目，便猜知她的含蓄性與形象性。

㉑ 黃翔，〈來一場靜悄悄的情感革命〉（《啟蒙叢刊》，五期）。

更可貴的是《啟蒙叢刊》，透過「愛情詩專輯」，寫專文㉒控告共產黨既往對愛情的成見說：「讓那些人去給我們扣上什麼『資產階級』、『小資產階級』情感的帽子吧。真正的無產階級是不敵人性和純潔的情感的。」這一點，情感者，原來不分資產階級，或無產階級。

本節儘管分七個內容而探討，但它的革命性，並沒有「連根拔起」或者「天翻地覆」的程度，它的革命性是呼籲改革，祈願富強的程度，以主義來說追求的仍是社會主義、社會主義悲劇文學。

「美刺」，就是稱善與諷惡，一向為中國文學的兩大機能，如果說前面三個內容，包括悲劇性、懷舊的、諷刺的，係黑暗的、否定的，屬於「刺」的話，後面二個內容，包括戰鬥性、民主與自由，係參半了「美刺」，而最後兩個內容，包括歌頌家國、愛情，係光明、肯定的，屬於「美」，「美刺」參半的原因，是由民刊編者的恐懼分數，遠超過安全感㉓，而且民刊本身，儘管說地下刊物，而頗有公開性質，寧說不合法的刊物，而不能說完全針對政府的鬥爭，應該說青年民主人權運動的刊物，或者說社會主義悲劇文學的試驗刊物。

㉒ 上揭文。

㉓ 劉勝驥之該書，頁一七八：「地下刊物的安全感平均得二三〇分，恐懼感平均得一〇六五分，相抵得負八二五分，除得一〇・二一，可見地下刊物的恐懼感很深。」

譬如：主要的民刊，都有公開編輯宗旨、編輯人員、編輯地址、發售定價，還有幾種民刊曾向中共中央宣傳部、北京市公安局，提出註冊申請書，也表示願意繳納稅金，只是政府不肯核准而已。不僅如此，曾經呈現過民刊與官方合作的活動，就如：《沃土》於一九七九年八月，召開一次「新人形象塑造問題」的討論會，官方有人出席，甚至公安部派人參加，還有《今天》頭一期所載的詩作，即於第二年被官方詩刊《詩刊》轉載等事可以了解民刊的「不合法的公開性質。」

五、抵抗詩的意義

民刊的詩歌，繼天安門詩歌運動，擔負了詩歌的炸彈與旗幟作用。雖然她們的革命性，沒有熾烈；雖然她們的活動，沒有長期，沒有轟烈；雖然她們的藝術水平，沒有廣泛，沒有整齊，但她們的貢獻，很大。鼓吹民主、人權，並使中國揚氣，已經盡了史無前例的運動效果。

就詩歌來說，就是藝術手法的探索與創新。民刊詩的結構，運營隱喻、象徵、通感，大大改變視角與透視的關係，又打破了時空的秩序與景色的前後安排，以換新了老調。

在創作上大膽地吸收了現代派的手法，追求詩意的深邃，深怕主題的淺露，甚至故意帶些某種朦朧的色調，以保護詩人在政治環境下的危機。這樣一來，民刊詩的青年詩人，等到被官方詩刊寫詩的時候，幾乎被稱為「朦朧派」詩人，諸如：北島、江河、楊煉、舒婷、食指、芒克、嚴力、黃翔、淩冰、方含、飛沙、謝愚、美爾等。

這些較創新的詩，與大陸向來的風格最不同的，是奇短，又富抒情，又兼哲理的趨向，如北島的〈生活〉，只有一個字：「網」，還有如：北島的〈太陽城札記〉(《今天》三期)、芒克的〈十月的獻詩〉(《今天》二期)、〈秋天〉(《今天》四期)、〈城市〉(《今天》八期)、艾珊的〈冷酷的希望〉(《今天》二期)、羽立的〈在省略號的年代〉(《沃土》四期)等組詩，皆屬於這些短詩範圍，她的一字一言，有密度深度，以推翻單調而長、散文化，又敘事化的政治詩傾向。

還有一個成功的特色，是很現代，很鄉土。這是極端不同的兩面，一個是非常西方的方法，一個是非常民族的方法。一個是憑感覺、潛在意識，追求人的真實經驗，或者以單純又純粹的象徵方法，表達複雜的反照與折射，這樣以來，難免朦朧色調的現代的路子，譬如在〈在路上〉(方含，《今天》三期)，連串了葡萄、淚、露水等意象，又是紫色、綠色、辛、酸等各種感覺的複合現象來表現游離的痛苦，又如在〈我認得出他寫的是〉(美爾，《沃土》二期)中前三節，都是描寫亂塗，最後突出「自由」的字樣來，全篇象徵化，又如在〈感問〉（王靖，《沃土》四期）中，作者借了一隻彩蝶撲到泥裡的樣子，來聯想出女黨員的判刑，這是非常現代派的技巧。這可以說三〇年代現代詩探索的繼續，也是中共五〇年代失敗了民歌道路之後的現代主義的重新崛起㉔。

一個是運用民歌的典型。譬如：諷謠、寓言、兒歌的形式與韻律、節奏，用得很自然，就如：〈好了歌新編〉、〈竟……〉、〈轉移〉、〈從前〉、〈淚吟問罪歌〉等都是。這三十年來，中共一直強調，新詩應該在民歌與古典詩歌的基礎上發展，而民刊的諷刺詩裡的一部份詩，可算其成功之例證。

民刊詩，是一種探索。但她不但影響了政治社會，也給詩歌帶來了創新。正如有人說：「詩的探索，作為藝術實踐，是社會實踐的一部分。」㉕我看中國大陸，更是如此。她的影響，不必說了。今天在中國大陸，最有名氣的青年詩人，如：北島、顧城、江河、舒婷、芒克、楊煉、嚴力、梁小斌、王小妮等幾乎都是走自地下刊物，走上官方刊物的。

㉔ 戚方，〈現代主義和天安門詩歌運動〉（北京，《詩刊》，一九八三、五）。

㉕ 邵燕祥，《探索詩集》序（上海文藝出版社，一九八六、八）。

中國現代詩的回歸傳統

一、問題的提起

第二次世界大戰一結束，世界即面臨著以國際間的尖銳對立的政治之外，精神上和生活上的物質主義和機械主義等三大問題。此後三十年，除了便利主義的機械文明在一如既往地持續發展之外，在其他方面，由於政治上的冷戰結束和意識的復古化等新現象的出現，也為我們帶來了新的希望與安慰。尤其是進入八〇年代以後，政治上的融合正在變為現實，而文化上則表現為朝著傳統的回歸。

像這樣的實例在今日的中國兩岸彼彼皆是。離散親人的互訪，事實上的自由通商，以及文學藝術上的互相交流與活動領域的共享，乃至民族文學的復興、創作主題、風格、素材、方法和語言的復古化現狀等，無不是這一新氣象的具體實現。

本文通過對中國現代詩的發展變化的考察，來論證中國現代詩的傳統回歸性，並以此來證實當今世界性掀起的追求復古化和精神文明的思潮。

二、傳統的危機與繼承

中國的現代詩一度也曾受到西歐現代主義的巨大影響而一度產生深刻的危機。以往的評論家們一直把一九一七年以後的中國現代詩視為「舶來品」或者「惡性西化」的頹落，而詩壇自身也承認新詩乃是西歐詩的移植，即「橫的移植」❶。

被視為「舶來」或者「移植」的傳統的危機，並非始於新詩的初始階段。縱觀大陸和臺灣，大概共經歷過五次高潮。第一次高潮是所謂「象徵派」的登場。在中國出現新詩八年後的一九二五年十一月，北新書局出版了詩集《微雨》，其中共收錄象徵派詩歌一一九首。在其後的三年間，王獨清、穆木天、馮乃超、胡也頻、侯汝華等都活躍於詩壇。

第二次高潮實際上是「象徵派」的繼續。這一時期是指從一九三二年五月由施蟄存、杜衡共同主編的《現代》詩刊的創刊，到一九三七年由戴望舒主編的《新詩》的停刊為止的五

❶ 一九五六年二月，由臺灣《現代詩》季刊社發行人紀弦的發起，產生「現代派」。其「六大信條」中的第二項指出：「我們認為新詩乃是橫的移植，而非縱的繼承。」

年，也就是「現代派」時期。

第三次高潮是在一九四〇年代。活躍於這一時期詩壇的「九葉派」，在中國西南及上海等國統區創辦了《詩刊選》和《中國新詩》等詩刊，他們在堅持寫實主義，同時也吸收了現代主義的手法❷。

第四次高潮是隨著國民黨政府的撤守臺灣，從而帶來創作空間的轉移而開始的。自從臺灣的「現代詩社」於一九五五年二月發表「現代派成立宣言」，到六〇年代初期的《現代詩》和《創世紀》等雜誌，這一時期即所謂「橫的移植」時期。

第五次高潮可以說是因三〇年代後半期的抗日戰爭，而一度偃旗息鼓的「現代主義」的復活。一九七八年底，在大陸，以《今天》雜誌為首，出現了一系列「地下刊物」。發表於此類刊物上的朦朧詩，可算是五〇年代中期興起於臺灣的「現代派宣言」的一種轉移。

當然，現代主義的探索絕不是僅僅限於這五次高潮。隨著時代的陰晴與政治上的收放，同時隨著詩人的個人氣質和藝術方法偏好的不同，或多或少在不同的程度上會有所再現。

縱觀中國傳統詩的歷史，不論是唐代的李賀和李商隱的超現實主義手法，還是寒山和拾

---

❷ 拙作《中國現代詩研究》（漢城，明文堂，一九九二、六），第一篇第三章，〈象徵派〉及第五章，〈現代派〉。

得在禪詩中所使用的強烈的飛躍和朦朧性，無不可見「現代主義」的身影。無獨有偶，中國的現代派也有人認為，在「現代主義即中國主義」的前提下，把象徵主義作為詩的一種技巧來使用也是同樣的❸。

但是，中國的新詩並不是在「現代主義」的羽翼下革新的，因此也不存在「舶來」或「橫的移植」的可能性。「現代主義」的影響固然確保了詩的純潔或密度，並通過與傳統詩的融合，帶來了技法上的改進，但在革新當初，新詩無論如何也不是「現代主義」的產物。

中國的新詩只是一種對傳統詩進行衝擊的革新，而絕非是對傳統詩的放棄。其例證之一便是在一九一七年到一九二〇年期間的所謂「新詩初期」，當時的理論和創作本身是一種「口語的韻文」和「詩體的解放」。正如胡適在一九一六年二月致任叔永的一封信中所闡明的「詩界革命的方法」那樣，其方法有三：「言之有物，講述文法，當用文言時，不可故意避之。」❹此外，他還在一九一七年十月發表的〈談新詩〉一文中提倡語言文學和文體的解放❺。這不僅與他的另一篇堪稱為白話文運動宣言的「文學改良芻議」相呼應，

❸ 林亨泰，〈中國詩的傳統〉（臺北，《現代詩》，一九五七、十二）。

❹ 〈答任叔永〉。

❺ 《嘗試集》自序：「我們認定文字是文學的基礎，故文學革命的第一步就是文學問題的解放。」

而且也和俞平伯所主張的「白話詩的三大條件」以及康白情的「新詩的我見」如出一轍。

所謂「新詩」或「白話詩」就是以白話式的口語自由寫成的詩。它並不刻意拘泥於格律，而是強調自然之韻律。以一九一八年一月刊登於《新青年》上的胡適的〈鴿子〉為代表，還有沈尹默和劉復等人創作的中國最初的九首白話新詩，都是以口語，即白話寫成的自由詩，這些作品在本質、素材和風格上並無大的改變，而只是在「詩語」和「詩律」上有所變化。所謂「詩語」就是指白話，詩律就是指自然的韻律。

但是，在傳統的古典詩中，專門用白話，或者文白混用，以及打破定式，使用長短句的例子也是屢見不鮮的。何況從進化論的角度來看，一九一〇年代的革新是一種必然的變化，甚至是不可避免的。

中國的韻文大致經過五次變革。第一次是由《詩經》變為楚辭體，第二次是由《楚辭》體變為五七言古詩，第三次是由「古詩」變為「律詩」，第四次是由「律詩」變為「詞」，第四次是由「詞」變為「曲」。韻文的這種形式上的變化，反映出由短及長，由固定向著長短，由古體向著近體轉變這一基本的規律。

這種規律性的變化在格律與聲調的關係上也是同樣的道理。中國的傳統詩自唐代律詩以來，並非一定要與音樂相配合。這類詩一般被稱為「不入樂」的詩，或謂清唱的徒詩。

從《詩經》來說，口語也就是白話的出現，也並非始於現代新詩。周代和商代的《詩經》就是當時的白話。其後的民歌、山歌、寶卷、彈詞等民歌以及樂府詩、禪詩、譯經詩、性理詩、散曲、敘述詩、打油詩、諷諭詩、田園詩等貴族詩也同樣大量使用了白話。

因此，在形式和體制上來看，今天的新詩是古律詩和長短句的進一步解放，而在格律和聲調上，與清唱的徒詩相比，今天的新詩則有更進一步的突破，一如既往地保持了自由的韻律；而在「詩語」上，今天的新詩則是一種超越雅俗之分的自由。

的確，早期的新詩，比如胡適的〈鴿子〉，多有借鑒於以往詞曲的音節，或者脫胎於傳統民歌及詩歌❻。劉大白的〈賣布謠〉、〈賣花女〉等頗具漢魏樂府之遺風，沈尹默的〈人力車夫〉脫胎於漢樂府詩〈孤兒行〉，劉半農的〈三唉歌〉、〈人力車夫的對話〉和〈河邊行〉等與山歌一脈相承，王統照的〈江南曲〉、〈紫藤花下〉等則類似於慷慨激昂的豪放詞，諸如此類的例子彼彼皆是。

雲淡天高，好一片晚秋天氣。

---

❻《嘗詩集》再版自序：「從第一篇的……等詩，從那些接近舊詩的變到自由的新詩……實在不過是一些刷洗過的舊詩。」

有一群鴿子，在空中遊戲。
看他們三三兩兩，
迴環來往，
夷猶如意，
忽地裏，翻身映日，白羽翻青天，十分鮮麗！

（胡適，〈鴿子〉）

風吹薄冰，河水不流。
出門去，雇人力車。
街上行人，往來很多；車馬紛紛，不知幹些甚麼。
人力車上人，個個穿棉衣，個個袖手坐，還覺風吹來，身上冷不過。
車夫單衣已破，他卻汗珠兒顆顆往下墮。

（沈尹默，〈人力車夫〉）

〈鴿子〉一詩中，「氣」、「戲」、「意」、「麗」個字互相押韻，其音調類似於「青門引」

或者「思遠引」，加之起、承、轉、結的結構和清新空寂的風格，可見是源於傳統詞曲。〈人力車夫〉運用樂府詩的白描技法，將雇用者與被雇用者的關係加以對照，也不難使人看出是得益於杜甫的「朱門酒肉臭，路有凍死骨」〈自京赴奉先縣咏懷五百字〉以及白居易的「廚有臭敗肉，庫有貫朽錢」〈傷宅〉等社會問題詩之風骨。

就當時的情況而言，新詩的變化相當緩慢，大體上說來共有四方面的變化。第一，一方面是擺脫古典詩的窠臼，但同時又在另一方面卻仍拘泥於古典詩的音節。第二，以各種無韻詩來實現自由化。第三，倣效日本和印度的俳句及短歌。第四，吸收了西洋的現代主義。

從一九一八年到一九二四年是引進西方的象徵主義的時期，這一時期的新詩正值與上述第一二種情況相吻合的時期。胡適的詩集《嘗詩集》（上海，亞東圖書，一九二〇、三）是第一種情況的代表。郭沫若的《女神》（上海，泰東圖書，一九二〇、八）則是第二種情況的代表。

在如此緩慢的變化過程中，還有另一種過渡現象。即曾是早期白話詩人的沈尹默、康白情、傅斯年、劉半農、王統照、俞平伯等，日後或兼作新詩與傳統詩，或放棄了詩歌寫作。這然可以說是轉變期中的停滯期，但同時也說明了新舊詩之間尚能融通的同質性。

通過以上分析，從中國的新詩是一種歷史的轉變這一觀點來看，今天的新詩也是一種廣義上的中國詩的變體。其構成結構是古典詩、詞、曲的脫胎，其語言則是徹底活用了古典詩歌中的白話語言。

新詩的轉變並不是突變的，也不是對傳統詩的否定，早期的新詩更是如此。遠至一八五〇年代在國內外興起的近代化浪潮，近至一八九〇年代夏曾佑、梁啟超、譚嗣同、黃遵憲等人對新小說、新散文和新詩等進行改革的追求，無不是如此。

三、回歸傳統的內容

中國傳統詩與新詩的差異可分為外在的和內在的兩部分。大體上說來，越是深層次的，傳統的程度越深，而越是外在的，則越表現為反傳統。

的確中國的新詩其外在形式與傳統詩有著明顯差異。在傳統詩中，雖然有些既不講究平仄，也不受章法句式限制的古體詩，甚至還有白居易所說的「蓋無定句，句無定字，繫於意，不繫於文」之雜言體的「新樂府」詩，但大部分詩還是屬於有固定形式的五、七言詩，或是講究押韻，平仄的格律詩，以及一些具有啟，承，轉，結等完備格式的詩。而與此相比，新詩則在長短自由的結構上，充分表現了自然的韻律。

雖然如此，但是作為構成外在形式的基本材料和框架的語言和格律，仍然表現為向著傳統的回歸。

(1) 外在條件

中國的新詩，向來追求韻律。其中以活躍於二〇年代的「新月派」詩人徐志摩、聞一多、朱湘、馮至、卞之琳等人的創作和主張尤為有代表性。

聞一多把詩比作下圍棋，強調作法的格式。他認為，新詩的格式就好像「相體裁衣」❼，要根據內容來決定形式，這其中就有個音節問題。一般說來，兩三個字構成一個音尺❽，三四個音尺組成一行，並以不斷反復的音節來修飾詩句。

下面是聞一多的〈死水〉和杜甫的〈登高〉中第一行所出現的四音尺的例子：

這是　一溝　絕望的　死水

無邊　落木　蕭蕭　下

❼ 聞一多，〈詩的格律〉（《北平晨報》副刊，一九一七、五、十三）。

❽ 見上文。

下面再舉徐志摩的〈再別康橋〉和杜甫的〈春望〉中第一行所出現的三音尺的例子：

輕輕的　我　走了
正如　我　輕輕的來

國破　山河　在
城春　草木　深

七言詩一般為四音尺，五言詩一般為三音尺。尤其是傳統詩，既不能填入樂譜，又不能附和伴奏來唱，因此只能吟誦。新詩雖然努力追求自然的音律，但在音節效果上與傳統詩別無二致。

作為新詩的外部條件，其格律和語言在某種程度上具有一定的傳統性。一般來說，傳統詩的語言，作為一種文言，為了保持其含蓄性而更多地使用了意象詞和具象詞。相反，新詩的語言作為一種白話，為了保持自由與靈活性，而更多地使用了抽象詞和概念詞。但是新、舊之間的相互交錯也是隨處可見的。例如：魏晉時期大量出現的田園詩和山水詩，以及唐代的禪詩和譯經詩，還有宋代的性理詩等，其中使用了大量的白話。另外，到了清代末期，在那些宣揚改革與開化的近代化詩篇中，則使用了概念詞。

相反，在新詩中也產生了文言化現象。在新詩初期的一九一〇年代後半期，一度曾出現了的傳統詩的變形現象，並未擺脫傳統詩的慣性。而且正像上文中所指出的那樣，中國的現代派反而經常使用文言。特別是在臺灣，從五〇年代末開始活躍於詩壇的羊令野、余光中、洛夫、鄭愁予、葉維廉、楊牧等主要詩人，由於使用了象徵主義、意識流和超現實主義的現代主義手法而被人詰責為晦澀難懂。即便如此，他們仍然主導了六〇年代的「現代派」。

六〇年代末興起的現實主義「鄉土文學」的熱潮，曾使「現代派」詩一度頹敗，直至八〇年代中期才又重振旗鼓。為了表達準確的意象，表現敏銳的感覺和強有力的張力，「現代派」詩人們在詩中融入了文言，從而對中國傳統詩的暗喻法和聯想法等藝術技法的現代化做出了貢獻。特別是周夢蝶、洛夫、葉維廉等人對傳統回歸的追求尤為明顯。近來，有關評論家將他們稱為「新古典主義」。

故事講了一半主角暧昧地笑了，我的

鄉音如囈語早已分不清平上去入
雲飛離天空就再也找不到棲所
水無處可去只好痛擊兩岸，震得
地球在我懷中時睡時醒。

（洛夫，「故鄉雲水地，月夢不宜秋」贈李商隱❾）

在變與不變之間
若即若離地
生命永遠是
日減一日地死亡
死亡永遠是
日加一日地新生

（葉維廉，〈馳行〉）❿

---

❾見該詩第一節。

❿見該詩最後一節。

這些都是新作。它們不僅在詩句中混用了一些文言，而且其結構和風格也是古典的。洛夫甚至不加標題，而寫所謂的「隱題詩」，通過借用傳統詩中的名句，或者無題詩，試圖拓寬作者與讀者之間的共鳴帶。

以上所舉都是作為傳統回歸的現象，為了追求自然的韻律，而使用了格律和文言的句法的實際例證。

(2) 內在條件

在上一節中我們已經談到，越是深層內在的，新詩的傳統性越深。創作詩的主體是人，人歸根究柢應是屬於民族的一員。一般來說，要想了解詩人的內容或詩的主題，首先應該了解它所具有的民族和文化上的共同性格。

中國的文化大致可分為儒家的現實主義、道德主義和道家的浪漫主義、超脫主義、並以此為基礎奠定了其基本格調。筆者認為其代表性的精神內涵大致有如下五種，即以追求善或致誠的宗教精神為首，還有遊戲性的、逍遙性的自然精神，現實主義的人間精神，溫柔敦厚的中庸精神，以及觀察社會和時代的批判精神[11]。

這就是中國文學對中國所固有的自然觀。即尊重天地的化機和生德，並以此融和自然的改造，從而使二者共存的所謂「天人合一」論的實踐和表現。因此，中國自然詩的精神是以道家和儒家的精神為本源而發展起來的。而且，中國詩歌的藝術精神也是和中國的宗教精神相通的⓬。但是，這絕不意味著它是一種逃避現實，或者超越現實的玄學般的宗教精神。

在這樣的精神背景之下，大致可將中國詩的風格分為兩類，一類是代表著儒家之仁者的、文士的性格的氣，另一類是代表著道家之解脫的、無我的氣質的空靈含蓄的韻。這和將文章分為陽剛與陰柔的二分法⓭也是一樣的。如果說雄渾而莊嚴、豪放的是屬於前者的話，那麼淡雅而飄逸、高遠的則屬於後者。

氣與韻，的確是貫通於今日新詩的風格之中的。在激動人心的年代裡，氣回旋於愛國詩、政治詩和抗爭詩中，傾訴著民族與國家的苦惱；而另一方面，在激動人心的年代裡，韻流淌

⓫ 見拙著，《中國文化叢說》（漢城，新志社，一九七四、十），第七章〈中國的文學〉，第二節「中國文學的精神論」。

⓬ 唐君毅，《中國文化之精神價值》（臺北，正中書局，一九五三、四），第十一章〈中國文學精神〉，第二節「中國自然文學中所表現之自然觀」。

⓭ 姚鼐，〈復魯潔林書〉。

於現代詩、唯美詩和哲理詩中，體現著一種深層的分析和審美的追求。

在詩的主題和素材方面，繼承傳統和回歸傳統的現象也是毫無二致的。當然，隨著產業化社會、機械化社會和尖端化社會的到來，新的主題和素材層出不窮。但依然離不開風、花、雪、月等傳統素材以及相思、懷古、悲秋、思鄉、隱逸、死亡、山水、無常、戰亂、離別、諷刺、愛國等傳統主題⓮。

諸如此類雖然因陳腐和脫離現實而被視為舊時代的遺物，但事實上絕不是如此。從最近出版的臺灣代表性詩選《一九九二年度詩選》⓯所收錄的五十八首詩的主題分類來看，其中占百分之八十的四十六、七首詩的主題屬於上述列舉的十三種類型。特別是懷古、思鄉、無常、山水、諷刺等主題占有相當的數量。這就真實地反映了一九九二年的臺灣，即使是在政治的漩渦中，也仍然表現出民族的、文化的向心力。

當然，隨著時間和空間的不同，這種主題所表現的程度也不同。

⓮ 王立在，《中國古代文學十大主題》（瀋陽，遼寧教育出版社，一九九〇、八）一書中列舉了情思、相思、出處、懷古、悲秋、春恨、遊仙、思鄉、黍離、生死等十大主題，有關主題分類的見解還有很多。

⓯ 向明、張默編，《八十一年詩選》（臺北，現代詩社，一九九三、六）。

在一九五〇年代初的大陸，柯仲平的〈高舉著我們的五星紅旗！〉，臧克家的〈祖國在前進〉，王莘的〈歌唱祖國〉，田間的〈天安門〉，賀敬之的〈放聲歌唱〉，郭小川的〈致青年公民〉，李季的〈玉門詩抄〉，聞捷的〈天山牧歌〉、〈祖國啊！燦爛的十月〉、〈復仇的火焰〉等，歌頌著新中國的建立。與此同時，在臺灣正流行著以收復大陸為主題的政治詩，比如萬賢寧的〈常住峰的青春〉，金軍的〈歌唱北方〉，張自英的〈黎明〉，墨人的〈自由的火焰〉、〈哀祖國〉，李莎的〈憤怒之歌〉，紀弦的〈在飛揚的時代〉，鍾雷的〈生命的火花〉、〈在青天白日的旗幟下〉，李升如的〈復國吟〉，上官予的〈自由之歌〉等都是這類詩作。

另外，在「文化大革命」中的大陸，周良沛的〈刑復〉，黃翔的〈火炬之歌〉，綠原的〈重讀聖經〉，寥寥的〈我們無罪〉，流沙河的〈草木篇〉等作為地下詩，屬於反抗官權和黨權的政治鬥爭詩。「文革」結束後的一九七七年，又公開發表了一批諷刺詩和抗爭詩，如：江河的〈祖國啊！祖國〉，北島的〈回答〉、〈所有的〉、〈太陽城信札〉，梁小斌的〈中國，我的鑰匙丟了〉、〈白牆〉，芒克的〈十月的獻詩〉，駱耕野的〈不滿〉，雷抒雁的〈小草的歌唱〉，熊召政的〈請舉起森林一般的手，制住！〉，葉文福的〈將軍！你不能這樣走〉等。

這種抗爭的情緒在臺灣也是一樣。從一九五九年開始發表的商禽的〈長頸鹿〉，瘂弦的〈深淵〉，洛夫的〈石室之死〉，季紅的〈單身宿舍〉等詩作，是一種借鑑於超現實主義的抗爭詩。七〇年代末，乘著「鄉土文學」之大潮，又湧現出一批以反映尖銳的現實題材為主的諷刺詩。如：蔣勳的〈父親穿中山裝的時候〉，施善繼的〈又一戶人家走了〉，蘇紹連的〈三代〉，白靈的〈黑洞〉，苦苓的〈忠烈祠對話錄〉，羅智成的〈黑色筆記本〉，林彧的〈單身日記〉，林耀德的〈絲路〉等。

這種從歌頌祖國，到慷慨激昂地憂國憂民，直至抨擊、諷刺現實，冒死反抗世俗的詩風，在歷代中國詩歌的傳統中都是必不可少的。從周朝的《詩經》，到楚國的〈離騷〉，從借助於「漢魏風骨」的愛國詩，到盛唐和中唐的社會派，從宋代的遺民詩，到晚明的愛國詩和晚清的開化詩等，無不包含著中國詩人們特有的綿綿不舍的憂國憂民之情。

除了愛國（或憂國）的主題外，鄉愁、思念、懷古、生死、黍離、流浪、山水也是一般詩歌常見的主題。然而值得一提的是，這其中有些則屬於中國特有的題材。那就是用於應酬的贈答詩和詩人之間以同題同韻作詩以互贈的唱和詩等。這些詩都是詩人往來的「私交詩」，是中國詩人所喜愛的。這類詩由於主要是產生於農業社會和封建社會的應酬之作，因此大部分被摒棄於傳統詩之外。但是這種詩仍不失為許多中年詩人和學院派詩人所喜聞樂見的一種創作形式。

最後，作為今天傳統回歸熱潮的一個背景，或者說是催化劑，我們還可以舉出兩方面的例子。一個是八〇年代初在大陸率先興起的「尋根文學」熱，另一個是八〇年代末在海峽兩岸提出了「華文文學之全球意識」[16]和「大中華文化體系」[17]的倡議，從而掀起了中國文學一統化、世界化的熱潮。的確這種民族的同質意識和統一意識可以發展成為一種對傳統的繼承意識[18]。

四、回歸傳統的方法

進入八〇年代以後，是否要繼承中國詩的問題成為爭論的主要焦點。在大陸，以一九八三年阿城發表〈棋王〉為契機，直至一九八六年，尋找中華民族傳統的精神，為發掘鄉土民俗，弘揚民族文化作出了貢獻。臺灣的「鄉土文學」則始於更早一些的七〇年代。「鄉土文學」的出現是為了糾正那種工、農、兵文學和視「臺灣」為本土的狹隘的地域主義觀念。自

[16] 樂黛雲，〈從世界文化交流看華文文學研究〉，《第三期全國臺灣與海外華文文學學術討論會》，（福州，海峽文藝出版社，一九八八）。

[17] 洛夫，〈建立大中國詩觀的沈思〉（臺北，《創世紀》，七十三、七十四期合本，一九八八、八）。

[18] 拙稿，〈中國分斷以來的現代詩的比較考察〉，《人文論叢》，三十四集，（漢城，高麗大學校，一九八九、十二）。

「鄉土文學」始，臺灣的文學創作真正開始致力於統一和回歸。

就拿進入八〇年代以後，最先編輯的年度詩選《八十二年度詩選》⑲來說，平淡、明朗的詩風和洗鍊的詩句明顯增加了，同時產生了大量的試圖融會傳統和現代為一體並加以論證此種趨向的文章，比如張堃的〈傳統與現代的契合〉（臺北，《創世紀》，六十一期，一九八三、五），鄭明娳的〈鍛接的鋼——現代詩中古典素材的運作〉（臺北，《文訊》，二十五期，一九八六、八）等。

這些都反映了中國詩在姿態上的一個變化，即一反過去對傳統性所持的非此即彼的態度，轉而致力於對傳統性加以融合和活用。也就是說以傳統詩來彌補現代詩之不足，從而使現代詩得到進一步創新。

回歸傳統的方法大致有兩種，一種是在繼承傳統。同時使傳統嫁接於現代詩的所謂繼承的方法；另一種是在此基礎上使傳統得到再現、轉化的所謂更新的方法。

(1)繼承

⑲ 本書作為臺灣最早的年度詩選，於一九八三年三月由臺北爾雅出版社出版。由張默等六名編委從一九八二年一年間發表的三七五四篇作品中，共挑選出九十九名作者的一百三十一首詩編輯成冊。

這種方法大致是在現代詩中借鑒某些古典的詩題、詩材、詩法和詩旨等加以更新組合和安排，以古典來打破現代的局限，從而使現代詩變得更加豐富而典雅。具體來說有如下三種表現：

第一，作為一種最為常見的方法，就是將傳統詩的內容換骨奪胎的「古意相承」法。堪稱中國現代派鼻祖的戴望舒，其描寫現代都市的憂鬱與寂寞之愁的出世之作——〈雨巷〉，就是借意於五代詞人李璟的〈浣溪沙〉中「青鳥不傳雲外信，丁香空結雨中愁」一句，以及唐代詩人李商隱的〈代贈〉中「芭蕉不展丁香結，同向春風各自愁」一句；林庚的〈春晚〉描寫了春日景色與傷春之情，乃是借用了五代詞人馮延巳的〈鵲踏枝〉；而被視為現代主義最傑出之作的卞之琳的〈斷章〉，則是借意於金代詩人王元粹的〈東樓雨中〉，另一首〈白貝〉則是借用了唐代詩人李商隱的〈錦瑟〉；至於堪稱當代優秀的抒情詩人的鄭愁予，其〈錯誤〉一詩乃是取意於唐末溫庭筠的〈憶江南〉和五代李後主（李煜）的「寂寞梧桐深院鎖清秋」一句。諸如此類的例子還有不少。

此外，像楊牧的〈續韓愈七言古詩山石〉那樣，以續作的方式，將傳統詩與創作聯繫在一起；或者像楊牧的另一篇詩作〈秋祭杜甫〉以及洛夫的〈車上讀杜甫〉、〈與李賀共飲〉那樣，超越作者與古人在時空上的阻隔，而與古人促膝相談，這些都不失為一種方法。

第二，重新借用古人的詩題或詩句並加以演繹，這種方法便是「古題新作」，或者「古句新作」。這方面的例子也是不少的。

例如：余光中的〈公無渡河〉和〈國殤〉就是對古樂府詩中〈公無渡河〉和「楚辭」中〈國殤〉的再創作；楊牧的〈烏夜啼〉和〈將進酒〉則出自李白詩的題目；洛夫的〈出三峽記〉是源自陸游的詩題；非馬的〈石頭記〉來自清代小說《紅樓夢》；還有青年詩人楊澤的〈拔劍〉和〈旅夜書懷〉，分別取自古樂府詩的〈江南〉和杜甫的詩題；蘇紹連的〈春望〉也是對同題杜甫詩的再創作。

此外，洛夫的「借問酒家何處有」和羅青的「野渡無人舟自橫」等，其主題也是分別摘句自唐代詩人杜牧的〈清明〉和韋應物的〈滁州西澗〉。

第三，把傳統詩的詩語、文法或者構思運用於現代詩的所謂「古詩旁引」、「古詩夾用」的方法。這種方法是盡可能地善用傳統詩的簡潔性，也就是盡量省略那些代名詞、副詞、複合動詞、形容詞等修飾語，甚至將曖昧性、模糊性和超越性等章法部分地嫁接於現代詩中，從而增加渾然不分的美感。就連那些名詞、動詞等實詞，也以跳躍的方式導入，從而產生著捉住瞬間經驗的效果⑳。

---

⑳ 葉維廉，〈中國古典詩與英美現代詩——語言・美學的匯通〉，《飲之太和》（臺北，時報文化，一九

此外，在現代詩的開頭摘錄傳統詩的一部分，從而代替序章，或者活用故事或成語，從而伸展意思，辯證歷史的一貫性，這些都是行之有效的。

最後舉一個傳承舊詩的好例子，以作小結。

你站在橋上看風景
看風景的人在樓上看你

（卞之琳，〈斷章〉上半節）

倚樓人看水東流
橋上行人卻望橋

（王元粹，〈東樓雨中〉上半節）

從微觀的角度來看，它們是互不相同的，但從宏觀的角度來看，它們卻無不同的，這種道理也可以發展到新舊詩統一的身上。

八〇、一）。

(2)更新

這種方法是從融合傳統詩的情緒或主題的角度，更新或轉化傳統詩的方法。其中包括從新的視角來重新結構古詩的「故事新作」，以及把舊的主題或思想加以轉化和發展的「古意轉化」，還有在傳統形式的基礎上，進一步變為散體化或白話化的「舊體改作」等。

如果說，繼承的方法是直線型的話，那麼更新的方法則是曲線型的。但它的原點仍然起自傳統詩，其結果是更加豐富了現代詩。

洛夫的〈長恨歌〉同唐朝白居易寫的〈長恨歌〉一樣，描寫了唐朝玄宗和楊貴妃的艷情史。但白居易描寫的是玄宗絞死楊貴妃後歸京，從此滿懷長恨，悲痛不已，而洛夫的詩一方面把焦點放在「紅顏薄命」的主題上，另一方面則著重於對玄宗與楊貴妃之間的肉體與色情的狂亂的描寫上。

又有余光中的〈大江東去〉也是仿照蘇軾詞〈念奴嬌〉的開頭：「大江東去，浪淘盡」，同樣描寫了揚子江之流。但同時二者又是不盡相同的。如果說蘇軾描寫了人生無常的話，余光中則是諷刺了政治現實。大荒的〈奔月〉，在寫法上與《淮南子・覽冥篇》中出現的神話〈奔月〉相似，但大荒在結尾上與李商隱的〈嫦娥〉相合拍，在這一點上又不同於《淮南子・

覽冥篇》。

這種轉化式的工作常為年輕的詩人們所熱衷。楊澤的〈漁夫，一九七七〉，把兩千年前被流逐的屈原同今日的浪人相對照，和過去的那種超脫現實型的詩人相比，更加側重於展示一種參與現實型的詩人。羅智成的〈上邪〉與古樂府詩〈上邪〉在追求純粹的愛情這一基點上雖然相同，但羅智成又將它擴展為一種現代人的複雜的情欲世界，在這一點上它們又是不同的。

下面再摘錄一下四〇年代現代派詩人辛笛的〈尼亞加拉大瀑布〉：

如貓的霧爬行於路上
樹端搖撼一片天地之聲
是千百處的源頭水
拔木穿崖
澎湃匯集
澎湃匯集一齊來
噴玉進珠

液體成固
剖裂地球的心胸肝腸（以下省略）

這首詩雖然是用意象組合點綴成的現代詩，但其結構則是以四言為框架的。如果將這首詩中不是四言的詩句去掉多餘的虛詞，重新整理的話，就可以變成一首不折不扣的四言詩：

如貓霧行／樹端撼聲／千百源水／拔木穿崖
澎湃匯集／匯聚齊來／噴玉進珠／液體成固
剖裂地球／心胸肝腸

下面我們再來看一段商禽的〈遙遠的催眠〉，這首詩表現了六〇年代臺灣的孤絕：

懨懨的
島上許正下著雨
你的枕上晒著鹽

鹽的窗外立著夜
夜，夜會守著你

守著泥土守著鹽
守著你，守著樹
因為泥土守著樹
因為樹會守著你（以下省略）

這的確是活用民歌，又是連鎖的，又是重複的，也是隔節押韻好的。尤其把最敏感的政治意識，潛入民歌，這種化尖為凡的技巧，也是化舊為新的延伸。

五、結論

在上文中我們談到，所謂詩在本質上是並無新舊之分的。中國的現代詩應該被認為是新詩，而且是隨著詩的變化規律而發展的。在其外在形式上雖有所創新，但也絕非一日之功；在其內在本質上，不僅沒有捨棄同傳統的血緣關係，而且正向著傳統回歸。

中國的現代詩雖然在形式上是外來的，但仍然是在保持了韻律的，同時又繼承了中國傳統詩的基本格律，是一種利用白話寫成的文言，這也是中國文學史的又一種規律。這就從正反兩方面證明了中國的傳統詩一定是可以詠唱的這一格局並非是一成不變的，其嚴謹的句法和格律的結構也並非是始終如一的。這一反證同時也證明了中國現代詩對傳統的繼承。

中國的現代詩寧願光大傳統詩的風格，拓寬傳統詩的題材範疇，而不願捨棄這些。在創作上，現代詩在宣稱並向著傳統回歸之前，就已經以繼承和更新的方法而致力於這種繼承了。無論是以往的復古回歸，還是今天的追求「尋根」和「大中華文化體系」的熱潮，中國的文學思想越是趨向統一，這種對傳統的繼承，其作用越是巨大。在世界性的解凍期到來的時候所產生的「溫暖化」和「復古化」現象中，這種現象也不失為又一個生動實例。同時它也向世人演示著：運用傳統性也是突破現代，完善現代的方法之一。

從華文詩的優點著眼東西交融

最近我看了一幅畫，印象特甚，她別緻的畫面，原來用西式的抽象做為底紋，再以中國的甲骨文字結為主綫，看似不自然，但虛心細看，她是圓圈與方塊、濃艷與淡粧、混淆與簡明、強勁與弱柔、現代感與蒼古味等之交融，很是新鮮、決不濫調。

自從黃河文化與埃及文化各自形成以來，東西文化，遙遙相對，彼此之間，儘管有互相切入、滲透、融合的現象，但彼此的風格，一直平行，到了十九世紀末，才開始東西互相開拓文學的領域；人們越來越感到文學是屬於世界的。正是面臨一個交流的時代，東方正在走向世界，西方正在掀起「東方熱」，歐洲中心論逐漸消弱，隨而東方抬起論正在興隆。

華文文學是中國文學之延伸，也是東方文學之大河。尤其八〇年代以來，海峽兩岸，均以門戶開放，企圖建立華文文學「大同世界」的理想，並構成中國大陸、臺灣、香港、新加坡、菲律賓、馬來西亞、泰國、印尼等國之華文文學之「繫帶」。這列「繫帶」，集中力量，將可以與英文文學媲美，再進一步說，如果聚精了東西詩文優點來，加以圓融的話，這將是世界性的現代詩，必會爭取美學最高之領域。

東西之間，異中有同，同中有異；並各有優劣，而東方華文詩的優點，恰恰是西方英文詩的缺點；反過來說，西方詩的優點，恰恰是東方詩的缺點。因此，如果交融東西，既往的優點未必優，既往的缺點未必缺，自然而然地形成新的美學模型與新的價值體系。

東西之詩，各有風格與技巧，均由不同的哲學背景與政經體系、語言思維方式、生活環境系統等原因而來。

東方數千年的天人合一，無為而無不為的思想，促使詩歌之和諧與統一；西方數千年的天人對立，偉大自豪的思想，促使西方的詩歌走向悲劇之美感或者崇高美之頌。東方之仁愛精神，一向使詩歌不失為現實主義傳統；西方之基督精神，一直使詩歌充滿神學觀念。東方之中庸，卻使詩歌安貧節制，以反對鮮艷華麗；西方之熱情，便使詩歌美化英雄，享樂個人，以便宣泄情感，舒暢心靈。

東方之長久封建制度與農業社會，竟使詩歌保持嚴謹的格律與抒情風格，而西方之近古以來的霸道政治與工商社會，能使詩歌轉為自由的格律與敘事題材。這也很自然，農業社會裡，人們就與田園山水相處，和諧交融，能夠寫出田園詩、山水詩、情詩、旅遊詩等。而工商社會裡，人們就與色彩斑爛的生活，難免歷險與奇遇、戰爭、掠奪、立功等，能夠寫出敘情詩、史詩、英雄詩、科學詩等。

由於中國文字的單音獨義，不僅有視覺形象，還具有精煉含蓄的機能，故適於寫短詩，使人感動，以便留下明確的印象；而西方的拼音不表意的文字，卻適於寫長詩，著重於講史詩和敘事的結構，以便增加演繹的效果。

再由於中國語詞的多元性、語法的自由性；譬如：不受數、格、時態的限制、主語和動詞的省略等現象，造成趣味，因具時間觀念的疏忽，幾乎在永恒的觀照中，表以景狀，又因其語法的流動，亦可產生美感印象的交錯中，觀物感應。

相反地，西方機械式的時間觀念與準確的文法、清晰的概念等，原來係過度的知性所產生的因果律，再由於她本身的文字係拼音不表意，所以每一個字母必規矩地置於句子結構中，才能具有一定的意義，就一篇詩來言，幾乎如此。所以，如果說東方詩的表現，朦朧模糊，西方的才明白清楚，但誰能帶來美感經驗，應該另以論之。

東方之天人合一的和諧精神，培養內在的氣質神韻，以為詩美在內在的神氣，而不是外在的形體，如果形成內向心態，西方之天人對立的理性，注重外在形式，迷惑於物質主義自我中心，結果形成外向心態。

這樣一來，東方詩偏重感悟的直覺思維，雖然不長於演繹分析，但卻富於形象的美感；西方詩偏重分析的邏輯思維，雖然長於分析演繹，但卻缺乏形象美感；這是具體的形象與抽象的概念之差，也是「無我」造好的境界與「有我」造好的境界之異。譬如寫一篇山水或者自然的時候，東方詩人看自然很單純很自然，投入大自然，不求興奮，不求陶醉，只是為了陽春煙景、大塊文章，而很少牽涉哲理；但西方詩人看自然很崇高，本脫胎於神學，常以哲學為依據，結果引起人群與自然對立之感。東方詩人，游息於大化，融和其中，而西方詩人，崇拜自然，或者對視自然，常有哲學氣息。

一個是不決定、不分析、不準確而渾然不分的思維，就以超脫的語法，自由的詞性，卻能擴大美感的領域，究竟可以保持深度、張力。一個是明白、清楚、細密而自我中心的思維，就以冷澈的知性、完整的語法、還能把握判斷的力量，究竟達到邏輯、廣度。

廿一世紀，迫在不遠，東西文化，互相開放，國際性的社會意識與文學思潮的交流之中，生生不息，呼嘯不已，恰似後浪推湧前浪。中國標榜「洋為中用」，不足為奇，西方掀起了「東方熱」，漸漸波及。不僅是東西互相開放門戶，且向傳統開放，破去傳統文化的長期歪曲，為現代意識，加以溝通。

這種趨向，得力於東方政治的多少民主化、經濟的多少工業化、宗教的多少基督化、生活的多少機械化、社會的多少個體化等現象，再加上人造衛星、大眾傳播、影視媒介等，國與國之際，變為「世界村」，人與人之間，縮為近鄰，便不能不承認「世界公民」、「全球意識」，同時也承認我們正在進入東方文化綜合的時代。

海外華文詩，是體現中外文化互相衝突互相作用的好例子。她本身離開了母體文化，就與當地的異質異民族的文化，互相磨擦之後，才能融合，竟構成新的風格。譬如泰華詩，是由中國傳統與泰國文化及泰國以外的世界性融合而成的。

如果由海外華文詩的模型再進一步地能與西方詩交融的話，勢必形成非常妥善的世界性現代詩，正如前頭我所提過的那張交合了西畫的抽象與中國的甲骨字紋的現代畫一樣又新鮮又蒼古。

那種世界性的現代詩，是融合東西詩的技巧風格。該須對異國的文化認同的基礎上互相作用，但並非要求放棄各自不同的工具。

能夠交融者，包括哲學、政治、經濟、文字、語法、思維、生活、審美方法等之各種原因所造成的技巧風格。能夠交融淡泊節制與宣泄舒暢之間；又能夠配合抒情風格與敘事題材之間；時或嚴謹、時或放鬆；又能夠融合精煉含蓄與長篇演繹的技能，亦能同時運用語法的多元性與準確性；又能同時發揮朦朧模糊與明白清楚，又能夠交融直覺思維與邏輯思維；又能配合深度與廣度的話，不僅具有現代化的條件，還能提高藝術的次元，而且將可以發揚華文詩的優點來，影響世界詩。

尤其是我們正在開拓電腦時代，能將幾十卷的資訊錄成一卷小膠片就夠，如果將千山萬水的見聞與大千世界的瑣事，寫進一粒砂土中，這是非常理想。一個華文詩人，能以最大可能的簡潔本領和華文靈活的文法詞性，以及其具體經驗的美學傳統繼續寫的話，必將配合電腦時代的現代詩。

比較研究

兩岸新詩的發展比較（一九四九～一九八九）

一、序論：兩岸詩的交流現況和研究意義

自一九四九年兩岸分開，至文化大革命結束為止，大陸和臺灣相互隔絕與對立已有三十年的歷史。

一九七六年四月，天安門事件的爆發及當年九月毛澤東的逝世和「四人幫」的沒落，大陸雖然在文化、政治上還沒有產生變革，但已有了鬆動；幾乎與此同時，臺灣也在一九七五年，隨著蔣介石的逝世和國際關係的惡化，鄉土文學日益加熱，雖然一時間還不可能開通和大陸的交流，但也有了萌芽。直到一九七九年，兩岸才終於同時打開了文化交流的大門。

一九七九年，大陸文學雜誌《當代》的創刊號上刊登了白先勇的〈永遠的尹雪艷〉，臺灣也在一九七九年五月二十七日《中國時報》的「人間」文化版上轉載了巴金的〈懷念蕭珊〉。

由此，兩岸三十年的隔絕對立才算打破了。

大門一經打開，兩岸的交流就迅速發展起來。在臺灣，出現了「過熱的大陸熱」❶，大陸的作品風靡一時；在大陸，隨著出版界「臺灣熱」的風行，十年來福建省海峽出版社發行的《港台文學選刊》，每期超出四十萬冊。

在臺灣刊出的大陸文學，大體可分為兩個階段。一、一九七九年五月下旬到一九八三年，即《中國時報》刊載的《中國大陸抗議文學》❷及傷痕文學轉載時期。二、一九八四年六月詩刊《創世紀》刊出的〈中國大陸朦朧詩特集〉中，共收錄大陸詩人二十二家的四十六首詩篇，並且《春風》、《聯合文學》、《文星》、《兩岸》、《笠》、《葡萄園》、《文季》等文學雜誌和報紙等，大量轉載大陸詩歌和小說，甚至出現「同時刊載」、「單獨刊載」的「跨岸文壇」形成時期❸。「跨岸文壇」即大陸的詩人作家直接向臺灣的報紙雜誌投稿，或應邀執筆。

特別是一九八六年末《兩岸》詩刊的創刊、《創世紀》七十二期（一九八七、十二）的第二次大陸詩特集、《聯合文學》四十期（一九八八、二）的兩岸文學特集中《彼岸的詩》、

❶ 也行，〈過熱的大陸熱〉（臺北，《聯合報》副刊，一九八八、十一、二十五）。

❷ 高上秦主編，鄭直等選注，《中國大陸抗議文學》（臺北，時報文化，一九七九、八）。

❸ 陳信元，〈大陸文學在臺灣〉（臺北，《文訊》，〈當前大陸文學〉，一九八八、八）。

《笠》一四四期（一九八八、四）大陸詩特集，及北島、顧城、楊煉、舒婷等個人詩集的發行，形成了大陸詩的熱潮。初步統計在臺灣刊載的大陸詩超過三百多篇，儘管如此，還是比不上「大陸小說熱」的潮流❹。

大陸文壇上的「臺灣熱」在外形上更甚於臺灣的「大陸熱」。「臺灣熱」大體可分為三個側面。一、對臺灣文學體系研究的展開與深入。自一九八二年以來，全國規模的「港臺文學學術討論會」已開過四次，並且除了上海復旦大學外，暨南大學、汕頭大學、深圳大學、廈門大學、中山大學等沿海地區的許多大學也都設置了臺灣文學研究機關，已有一千五百多篇研究論文發表❺，可見其成果顯著。其中，由白少帆、王玉斌等共著的《現代臺灣文學史》（瀋陽，遼寧大學出版社，一九八七，共九三二頁）尤引人注目。二、「人民文學」、「友誼」、「花城」、「海峽」、「百花」、「江蘇」、「鷺江」、「湖南文藝」等出版社競相出版臺灣文學書籍，並且《臺灣文學選刊》、《四海》、《華文文學》等定期刊物發表臺灣文學也蔚然成風。

---

❹ 張子樟，《臺灣地區刊登出版及研究大陸抗議文學作品索引》（一九七九～一九八二），陳信元，《臺灣地區刊登出版及研究大陸文學作品編目》（初稿，一九八四～一九八八），此材料見〈當前大陸文學〉（《文訊》，一九八八、九）。

❺ 湯淑敏、吳穎文編，《一九七九～一九八八臺灣文學研究論文資料索引（大陸部分）》。

三、表現為一九八二年《臺灣詩選》（人民文學出版社）㈠、㈡的出版，及對臺灣詩的專門出版和研究。

這期間，臺灣詩選方面，有《臺灣新詩》（花城出版）、《臺灣詩選》及湖南文藝出版社的《臺灣文庫》中「詩歌卷」三卷，包括臺灣詩人二八四名的千餘篇詩歌作品。臺灣詩人研究方面，流沙河的《臺灣詩人十二家》和《隔海說詩》、古繼堂的《臺灣新詩發展史》（北京，人民文學出版社，一九八九）可為代表，另外，劉登翰、李元洛、陸士清、宋永毅、劇嵐山、潘旭瀾、潘亞暾、高陶等也非常活躍。

總之，今天——一九八九年秋天，兩岸現代詩的交流越來越頻繁，而詩風的差異也越來越小。可以說，現在兩岸詩的發展趨勢是：偏向於「中國本土」的回歸，偏向於傳統血緣的回復。

筆者認為，這四十年來，兩岸雖然經歷過政治制度的不同，但今天卻能看出活潑的交流與同質化的趨向。而分析觀察這一過程並說明其相互關係，正是本文的意義所在。特別是以對比的角度來評析的文章，迄今為止，兩岸還都沒有出現過。本文恐在此方面做一個小的嘗試吧。

二、本論：兩岸詩的發展

兩岸詩雖然被一九四九年猝然分開，但無論大陸還是臺灣，都是以繼承開始於一九一七年的五四文化為前提的。只不過一個是三、四〇年代熾熱的現實主義在大陸的繼承與延續，一個卻隨著空間的移動而冷卻。但那火種卻無疑都是五四運動。

(1) 五〇年代

五〇年代，是海峽兩岸政治上尖銳對峙的時期。大陸以建設新中國進入了「社會主義文學建設時期」❻，臺灣則以「反共復國」為旗幟開闢了重整鑼鼓、振作精神的「戰鬥文學」❼時期。

---

❻ 二十二個大學共同編纂的《中國當代文學史》（福建出版社，一九八〇）把一九四九～一九五六視為第一階段的「社會主義文學的建設時期」，一九五七～一九六六劃分為第一階段的「社會主義文學的繁榮時期」。

❼ 中華民國文藝史編纂委員會，《中華民國文藝史》（臺北，正中書局，一九七五）第二章十一節中指出：從一九五〇年「中國文藝協會」的成立，到一九五六年止，為「反共戰鬥文學」的最強時期。

五〇年代，兩岸都可以以一九五六年為界，分為兩個階段。其前半期，在大陸是歌頌建國和歡呼無產階級勝利的文學；在臺灣則是遙望失去的大陸，「臥薪嘗膽」的戰鬥文學之高潮時期。

後半期，大陸以一九五七年開始，一九六四年結束的「反右運動」為轉折點，更偏重鼓勵為黨和領袖、國家服務，完成了「社會主義文學繁榮時期」；臺灣則隨著強硬的「反共戰鬥文學」的退潮，而顯現出明顯的西歐化現象。

中華人民共和國／在隆隆的雷聲中誕生

……

你新的中國，人民的中國啊／你終於在舊中國的母體內／生長，壯大，成熟／你這個
東方的巨人，終於誕生了

（後略）

（何其芳，〈我們偉大的節日〉）

我是一個人／我有一顆心／一棵血肉的生命／一團火熱的青春／我要走出門去！

（後略）

（胡風，〈前進曲〉）

上面所摘錄的兩篇，可以說是五〇年代初大陸詩的一般風格。和柯仲平的〈高舉著我們的五星紅旗〉、未央的〈祖國，我回來了〉、公劉的〈在北方〉、臧克家的〈祖國在前進〉、田間的〈天安門〉、郭小川的〈向困難進軍〉、蕭三的〈歡呼啊，中國共產黨，歡呼啊，毛澤東〉、王莘的〈歌唱祖國〉等一起，都是表達對勝利的歡呼和對新中國的感激，只是清一色的現實主義。

內容上看，前半期除了「歌頌詩」之外，還有郭小川的〈致青年公民〉、賀敬之的〈放聲歌唱〉、石方禹的〈和平最強音〉等社會主義的現實主義和社會主義的浪漫主義相結合的「政治抒情詩」；阮章竟的〈漳河水〉、喬林的〈白蘭花〉、李季的〈報信姑娘〉、李冰的〈趙巧兒〉等的「長篇敘事詩」；另外還有如李季的〈生活之歌〉、未央的〈槍給我吧〉一類的贊揚勞動者、農民、戰士的「工農兵詩」；如聞捷的〈天山牧歌〉、田間的〈馬頭琴歌集〉類的描寫邊疆自然或生活的「邊疆詩」等。呈現出多彩多樣的面貌。

形式上，五〇年代初的大陸詩，基本上是繼承了三〇年代的自由體，但另外也存在著四行體的格律詩、階梯形狀的樓梯式格律詩、疊句疊韻、回還反復的民歌體等多種形式。

五〇年代後半期，是「反右運動」和「大躍進運動」時期。即一九五七年開始，一九六五年「文革」前夜為止，文學史家所謂的「社會主義的文學繁榮時期」，而實質上就是強調詩人與勞動人民相結合的時期。因而，一九五六年這一年，艾青、綠原、流沙河、白樺、邵燕祥、公劉、周良沛等曾寫過諷刺詩的「右派」詩人，被定為「反黨反社會主義分子」，遭到猛烈的批判和清算。那些「右派」詩人反對文學為政治服務的綱領，與時代的共同主題不同❽，就被扣上頹廢、感傷、個人主義，或以反革命的諷刺詩，或以黃色小調受到批判，從那時起，二十餘年一直處於幽禁地位。

她，一柄綠光閃閃的長劍，孤零零地立在平原，高指藍天。
也許，一場暴風會把她連根拔去，但，縱然死了埋，她的腰也不肯彎一彎。

（流沙河，〈草木篇・白楊〉，《星星詩刊》，一九五七、一）

❽ 黎之，〈反對詩歌創作的不良傾向及反黨逆流〉（北京，《詩刊》，一九五七、九）臧克家，〈一九五七年詩歌創作的輪廓〉（北京，《詩刊》，一九五八、四）本社，〈工人談詩〉（上揭書）。

她從來不習慣帶鑰匙
可是今天她卻買了一把／堅固的鎖子／把一個貼上郵票的／男人的心／真假難分／當作了寶貝／鎖在衣箱裏

（歐外歐，〈初戀女〉，一九五七、三）

一個表現了堅定的意志；另一個則運用隱喻的手法把初戀比為鎖，都具有相當的藝術性，卻橫遭批判。從那時起，大陸的詩壇如秋風落葉般，一片淒涼。只剩下一九五八年郭沫若、周揚作的《紅旗歌謠》般的民歌體來填充空白。

臺灣五〇年代前半期，是反映上層意識形態❾的「反共抗蘇」的政治文學時期。也有人稱之為「兵的文學」❿。充滿著對大陸的鄉愁和戰敗的氣氛。這時文壇上的絕大多數是從大陸過來的，包括少數在大陸既已成名的詩人和在臺灣才漸露頭角的軍中詩人。臺灣本土出生的詩人則到五〇年代中葉才顯露出來。

葛賢寧、鍾鼎文、李莎、墨人、彭邦楨、鍾雷、上官予、楊念慈、張自英、鄧禹平、王

❾ 蔡源煌，《海峽兩岸小說的風貌》（臺北，雅典出版，一九八八、四），頁四四。

❿ 《聯合報》編，《聯副三十年文學大系》（臺北，聯經出版，一九八二、六）序言。

祿松等的戰鬥詩，雖然在內容上和大陸詩正相反，但風格上卻仍是大陸四〇年代詩風的繼承。

啊！常住峰／你是民族的領袖／你是時代的英雄，你澄清了／東亞的混沌／你開闢了／歷史的迷濛／四萬萬七千萬的國民／生存在你／偉大的心胸／你熄了／漫天的烽火／你殲滅寇虜／如沙蟲。（後略）

（葛賢寧，〈常住峰的青春〉）

這時是黃昏，這裏有高樓／一天涯的夕照正照在海角的樓頭／我寂立在樓頭／向天涯憑眺／目送看落日，漠漠地沉下荒洲……（後略）

（鍾鼎文，〈鄉愁〉）

表現出對故土的懷念和對中國的自豪。以四行格律詩或自由體詩表現了傳統的憂國憂時思想。

臺灣現代詩走上軌道的時期絕不是《現代詩》、《藍星》、《創世紀》創刊當時的一九五三～一九五四年，現代派應該說開始於一九五六年，若放寬來說，直至一九七〇年的十五年間⓫，為現代派的活躍期。但從《創世紀》暫時停刊的一九六九年起，漸漸走向衰落，所以，現代詩的頂峰時期是一九五九到一九六四年的五年時間⓬，正好是《創世紀》創造期的前階段。

「現代詩社」和「創世紀詩社」共同點燃了現代詩的火種，隨著五〇年代後期，臺灣跑入國際市場，脫離農業社會的加速化，反共復國的信念也漸漸退潮，在政治禁忌裏，為了保護自已，借了艱澀的超現實主義的表現手法⓭，同時，一種流放的情況，造成了對大陸母體文化的游離現象。

其大部分屬於現代派，或屬於試圖嘗試現代派的軍中詩人，和敘述性、抒情性相比，他們更偏重於用意識性和潛在性的憂鬱症和苦痛的手法。

臺灣現代詩思想的優秀作品，如：瘂弦的〈深淵〉、洛夫的〈石室之死亡〉、季紅的〈單身宿舍〉、商禽的〈長頸鹿〉、〈滅火機〉等可為代表。這些都是一九五九年在《創世紀》上發表的，都是流放的時代背景下，尖端的機器文明壓迫下，造成的孤絕的悲劇和生存現狀的

⓫ 古繼堂，《臺灣新詩發展史》（北京，人民文學出版，一九八九）。

⓬ 見本書，〈創世紀詩刊在臺灣詩壇之地位〉。

⓭ 洛夫，〈建立大中國詩觀的沉思〉（臺北，《創世紀》，七十四期，一九八八），頁一一二。

反映。

孩子們常在你發茨間迷失／春天最初的激流，藏在你荒蕪的瞳孔背後／一部分歲月呼喊著，肉體展開黑夜的節慶／在有毒的月光中，在血的三角洲／所有的靈魂蛇立起來，橫向一個垂在十字架上的／憔悴的額頭。（後略）

（瘂弦，〈深淵〉）

當那個年輕的獄卒發覺囚犯們每次體格檢查時身長的逐月增加都是脖子之後，他報告典獄長說：『長官，窗子太高了』，而他得到的回答卻是：『不，他們瞻望歲月』。（後略）

（商禽，〈長頸鹿〉）

一個表現了極端孤獨地存在，一個表現了被鎮壓被監禁人的詛咒。都是切實的時代的反映。

五〇年代初期，雖然兩岸在政治上是處於極度對立的兩極狀況，但在詩風上，歌頌和憂國，自由體和格律詩的混用方面則基本相似。一九五六年或一九五七年前後成為轉折點，這一點也是相似的。之後，大陸在反右鬥爭和大躍進的政治口號聲中，表現為直硬的詩風，臺灣則與西歐化相連，表現為以超現實的手法表現政治的緊張。

(2)六〇年代

從一九五七年開始了大陸詩群眾化現象。如：李季的〈石油詩〉、賀敬之的〈三門峽〉、陸棨的〈燈的河〉、李瑛的〈戰鬥的喜報〉、郭小川的〈將軍三部曲〉，都是清一色的贊美工、農、兵的詩。再加之大多數的詩人處於被審查、監禁之下，詩壇一片蕭索。

而賀敬之、郭小川、李季、臧克家、嚴陣、李瑛等不管一九六〇到一九六二年的大饑荒，在「人民公社」和「大躍進」的潮流下寫的所謂「反映時代重大問題」的政治抒情詩，正可謂「假、大、空」[14]的標準。

在這種文化無存的氣氛中，還有池北偶、劉征等的諷刺和寓言詩的寫作。

六〇年代後半期，因一九六六年的「文化大革命」，詩壇呈現出一色的凍土化、新民歌化。就在農民、勞動者的「紅旗歌謠」聲裡，潛流著周良沛的〈刑後〉[15]、黃翔的〈火炬之

[14] 一九七八年楊振華的諷刺漫畫「假大空」。指「假話」、「空話」、「大話」。

歌〉[16]、綠原的〈重讀聖經〉[17]等抵抗文革殘酷壓迫的地下「抵抗詩」。甚至出現了將世界都打破的紅衛兵的懺悔書類的詩篇，偶爾被發現的寥寥的〈我們無罪〉[18]可算是其中的代表。

> 兒時我認識一位基督徒／他送給我一本小小的「福音」／勸我用剛認識的生字讀它／讀著讀著，可以望見天堂的門。（中略）
>
> 常常是夜深人靜，倍感淒清／輾轉反側，好夢難成／於是披衣下床，攤開禁書／點起了公元初年的一盞油燈。（後略）
>
> （綠原，〈重讀聖經〉）

> 十年來／我一直想要一支槍／用它殺死那些／扼殺了青年靈魂的人／現在我仍然想要一支槍／用它打碎攫住我們不放的／十年來的／陰影。

[15] 周良沛詩集，《鐵窗集》（香港，一九八八），收錄一九六八年寫的作品。

[16] 《啟蒙叢刊》之二（一九七九、三）收錄一九六九、八的作品。

[17] 《一九八〇年新詩年編》（江蘇人民出版社，一九八一、十一）收錄一九七〇年作品。

[18] 《詩刊》（一九七九、五）收錄文革時作品。

（寥寥，〈我們無罪〉的尾聲）

一首是以帶至邊疆監獄裡的一本《聖經》，點燃了一盞生命的燈為最後的告白；另一首則表現了參加「紅衛兵」的當事者也想拿起槍來，打倒當權者陰謀的懺悔和復仇之心。但是，直到一九七六年四月清明節爆發天安門詩歌革命之前，大陸可說是一直處於「無詩」的凍土階段。

一九五九年，是臺灣現代詩的頂峰時期。從那開始的十年間，《創世紀》及《現代詩》、《藍星》、《笠》等詩刊同人，共同奮鬥，開出了燦爛的花朵，不能不承認，這現代詩的高潮，是中國文學的一部分⑲。以中國新詩史來看，這是第三次高潮，但與三〇年代初戴望舒的「現代派」和四〇年代初「九葉派」當時所處情況有很大不同。

首先，在地理位置上，是處於絕海孤島；在文化上，是游離於母體文化；思想上，是極端的個人主義和迷失意識；政治上，是「反共復國」的強硬路線；經濟上，是向市場經濟體系的邁進。在這種背景之下，又逢西方實存主義潮流的湧入，加上深受超現實主義技巧的影響，自然有所不同。

⑲ 周敬、魯陽，《現代派文學在中國》（瀋陽，遼寧大學出版社，一九八六），頁一二二～一二八。

其次，六〇年代出現的詩人，多為受過高等教育的知識分子。所以被稱為「秀才的文學」⑳。因現代詩本身具有的難解性和超現實性，而最終被批評為「偏激」、「晦澀」、「失根」、「失眾」㉑，及出售冷冰冰的虛無主義、厭世的人生觀，荒唐怪異的態度㉒。在技巧方面，被指責為喪失了中國傳統的「溫柔敦厚」之風和音樂性，盲目模仿西洋㉓。儘管如此，臺灣的現代詩，是記錄當時政治狀況的最優秀的藝術手法，是中國詩史上最成功的現代詩。大陸的研究家們也承認，臺灣詩在國際上的地位走在了大陸詩的前面㉔。

臺灣現代詩重視「自我」的表現。用瞬間的直觀代替概念；用聯想和暗示代替比喻；用緊縮和跳躍代替敘述；用快速代替慢速；用具體的想像代替抽象的詩句；用超現實手法和潛在意識代替現實描寫。所以在提高詩的真度、深度、純度上做出了貢獻，不是只停止於單純

⑳ 與⑩同。
㉑ 關傑明，〈中國現代詩的困境〉（臺北，《中國時報》人間副刊，一九七二、二、二八～二九）。
㉒ ⑲的頁一三八。
㉓ 孟樊，〈天空希臘乎？略論現代詩的語言與概念〉（臺北，《文訊》，一九八六、八）。
㉔ 古繼堂，《臺灣新詩發展史》序論，〈臺灣新詩在中國新詩中的地位〉：「因而在世界詩評獎中獲獎及選入國際性詩選集的詩人和作品，臺灣比大陸的數量要多。」

的美學信仰。那也是辛辣的現實反映。

從回廊盡頭望去，你就是那廣墳／又一次初在你目中，比我初猶／脫去肌骨，換上塵土／你想以另一種睡姿去抗拒／男人掀開帽子時所造成的風暴。

他在自已的肉身中藏著一個譬喻／——我的軟骨只為飲過蝸牛的奶／戰爭，黑襪子般在我們之間搖晃／想起死與不死的關係／我的眼睛遂變的很獸，很漢明威。

（洛夫，〈石室之死亡〉37節）

（前略）

在黑色的大地與／奧藍而沒有底部的天空之間／前途只是一條地平線／逗引著我們／我們將緩緩地在追逐中死去，死去／如夕陽不知覺的冷去。仍然要飛行／繼續懸空在無際涯的中間孤獨如風中的一葉／而冷冷地注視著我們。

（白荻，〈雁〉）

一首是寫金門島地下戰壕中，時時刻刻幻想著湧現出死亡的恐怖的緊張畫面；另一首描寫了六〇年代每天在荒蕪的機器工業社會門前,展現的無限的苦痛和無奈的冷酷的人間關係。

前者用超現實的手法，描述了士兵潛意識中自由展開的夢幻與嚴酷的現實之間的距離；後者用大雁飛行的模樣，表現了絕對不能拋棄的人生苦行。這正是現代精神的抒情手法。

六〇年代，大陸詩壇是停滯、黑暗時期，而臺灣卻是現代詩的活躍時期；大陸是在政治的束縛下，表現為硬直，而臺灣卻從政治中脫離出來，走向審查自己。

(3) 七〇年代

若把兩岸分離的四十年分為兩段的話，那麼七〇年代開始為後半期。前後期的詩風也有顯著的不同。可以看出大陸前半期是完全的政治色彩，後半期則轉向藝術；臺灣前半期為清一色的現代詩，後半期則是對現實的回歸。

七〇年代，兩岸都是轉折時期。只是那時期的早晚不同。臺灣從最初期就可看出向散文化、社會化、敘事化、寫實化回歸的現象；而大陸一直處於凍土階段，直到最末期才看出向韻文化、個人化、抒情化、藝術化等所謂「朦朧詩」的顯著轉變。也可以說臺灣的前半期為純化，後半期為俗化；大陸的前半期為政治化，後半期才是純化現象。

臺灣經濟上，從六〇年代中期開始，表現出國際市場的激增和工業生產的提高的「後現代狀況」㉕；政治上，隨著七〇年代初從聯合國的退出，國際上的孤立和國內民主化要求的矛盾深化了；加之詩壇上，十餘年來包圍著不透明的氣流，終於爆發了對現代詩的不滿。一九七一年，《龍族》、《大地》、《詩人季刊》、《水星》等年輕的詩社打出了詩的「民族化、明朗化、現實化」的旗幟，三、四年之後又有《秋水》、《綠地》、《草根》等繼續出爐。

同時，把現代主義視為「文學的殖民主義」的批評與論戰進入白熱化，一九六六年的《文學季刊》及一九七二、一九七三兩年中，由唐文標、關傑明的猛烈炮火將「現代詩社」和「創世紀詩社」的現代詩評為「晦澀的文學」、「病態的文學」和「失根之花」。

這種「反視實主義」就是和鄉土主義、現實主義、敘事主義、大我主義等共同新陳代謝的結果，就是加深文化的民俗性、地域性、社會性、現實性。這股熱潮通過三個階段，終於和八〇年代的「民族回歸」現象連接起來。

一九七一年創刊的《龍族》、《主流》等為第一階段；一九七四年誕生的《秋水》、《綠地》、《草根》等為第二階段；一九七七年開始到七九年結束的「鄉土文學論爭」和新結集的「詩潮」、「掌門」、「陽光小集」等詩社一起活動為第三個階段㉖。

㉕ 羅青，〈臺灣地區後現代狀況及年表初篇〉，《臺北評論》，四號，一九八八、三)。

㉖ 古繼堂，《臺灣新詩發展史》第十三章〈臺灣詩壇劃時代的事件——空前民族的鄉土的回歸浪潮〉。

這一時期，從文化上看，是對六〇年代西歐偏向的修正，轉向民族與鄉土；素材上，是「小我」擴大為「大我」；主題上，一是「反共大陸」的退潮，一是明顯表現出「釣魚臺保衛運動」等愛國、愛族意識的轉變。可以說，這時的臺灣，是一九八四年在大陸興起的「尋根」運動相似的愛國主義的提前顯現。

七〇年代臺灣的詩壇激起變雲。有人把「再建民族詩風、熱烈關注現實生活、臺灣的本土意識、大眾意識和創作的多樣化」等五點，視為七〇年代的特色㉗。七〇年代詩壇的詩人，全部是在臺灣光復後出生的第三代詩人㉘。

父親穿中山裝的時候／家裏燒煤球／每天晚飯後／母親鉗起一隻新煤球接火種／我們
圍坐在剛拭淨的飯桌上做功課。
我們用燒剩的煤球渣／填平巷裏的洼洞／雨天的時候／穿橡膠鞋走過／每人踩一腳／

㉗ 向陽，〈七十年代現代詩風潮試論〉（臺北，《文訊》，一九八四、六）。

㉘ 羅青，〈專精與秩序——草根宣言第二號〉（臺北，《草根》復刊一號，一九八四）中，臺灣現存詩人分為四代，一代為一九一一～二一出生；二代為一九二一～四一出生；三代為一九四一～五六出生；四代為一九五六～現在出生。一、二代為憂患代，三代為戰後代，四代為變化代。

一天一天／巷子裏不再泥濘了。（後略）

（蔣勳，〈父親穿中山裝的時候〉）

又一戶人家，走了／在今年颱風季來臨前／去當美國公民／又一戶人家，走了／在你們剛申報綜合所得稅後／無聲無息，悄悄／連說句再見也沒／輕輕地探個頭也沒／輕輕地揮揮手也沒／怕彼此傷心／怕互道珍重／臨別贈言／怕彼此落淚／怕在洶湧的淚光中／因為映照，不能自抑。（後略）

（施善繼，〈又一戶人家，走〉）

上面兩小節，已不再像六〇年代那樣語言緊張而急迫，心象的詩語變為敘事的語言，濃縮的構造被鬆散的散文體代替。小我的素材轉為大我，傳統的結構變為民歌的口語式。與六〇年代相比有了很大的不同。

其內容上，也轉向現實的、社會和新聞的。明顯的向民族回歸傾向，彷彿是大陸的四、五〇年代。

前一首詩，是對過去的歲月雖然艱難，而卻是充滿著民族精神的回憶；後一首詩則描述了對七〇年代突然刮起的移民熱潮，所產生的一種幻滅的感覺。

大陸的七〇年代是六〇年代後半期的延續，相當於文革的後期。直到一九七六年四月清明節爆發詩歌革命為止，大陸的詩壇一直處於硬梆梆的冰凍期。

天安門的詩歌革命，是以一九七六年四月五日的清明節為契機，爆發的一場以大字報形式，匿名發表的詩歌革命。

其借用自由體、散文詩、格律詩、寓言詩、諷刺詩、童謠等各種形式，主要表達了對周恩來逝世的哀悼，對「四人幫」的聲討和對加速建設「四個現代化」的要求。這數萬篇詩歌，毫不掩飾地表達了人們的憤怒。

春來不見春風／遍山松／點點花愁苦／寒意濃。

（《天安門詩抄》一一〇頁）

清明時節雨紛紛／紀念碑前欲斷魂／借問怒從何處起？／紅牆那邊出妖精。

（《天安門詩抄》四七頁）

一首是表達了對周恩來逝世的哀悼，一首是模仿杜牧詩聲討江青。談不上什麼藝術格調。寫清明節的天安門的真正格調高的詩，是在「四人幫」倒臺後發表的，如蔡其矯的〈丙辰清明〉、劉祖慈的〈廣場〉等。

一九七六年十月江青集團倒臺，在這二年之後才有了詩的真正的自由化、民主化。也就是以一九七八年十二月，北島和芒克在北京地下刊行的詩歌雜誌《今天》的出現為界，在這之前的兩年，實質上只是對毛澤東和周恩來的悼念，或是對「四個現代化」的黨政宣傳口吻。

「今天」，是由共同主張掙脫社會主義的束縛，呼喚民主與自由的志同道合者純自發性的詩社。在這之後，《秋實》、《沃土》等地下文學雜誌如燎原之火般發行出來。這實質上是自一九五六年開始的反自由化的「黑線專政」的結束。北島、芒克、顧城、舒婷、楊煉、嚴力、食指、江河、梁小斌、方含、黃翔、凌冰、艾珊等，或為當時的紅衛兵，或為勞動者，或為被迫上山下鄉的知青。他們這些年輕人集合成《今天》的詩人，後來被稱為「中國的前衛詩人」、「參與詩人」，究竟被稱為「朦朧詩人」㉙。

他們對十年凍土的文學領域及又是被政治牽引了二十二年之久的文學做出了頑強的抵抗。以「在英雄倒下的地方，我們起來歌唱祖國」㉚轉化毛、周之死亡；以「我不相信天是

㉙《詩刊》（一九八〇、一）刊載杜運燮的〈秋〉，隨後章明評之為「朦朧詩」。

藍的，我不相信雷的回聲，我不相信夢是假的，我不相信死無報應」㉛，否定既往的一切，激昂壯烈；又以「一切都是命運，一切都是煙雲，一切都是沒有結局的開始」㉜，詛咒今天的身世與社會情況。

這裡的不信或不滿，從遠處著眼是對毛澤東統治下馬克思列寧主義限制性的不滿，從近處看，則是對文化革命時期長期鎮壓的反叛。

結束七〇年代的七九年，通過非法報刊進行詩歌創作的活動進入白熱階段，它的餘波也波及到國家詩刊，如駱耕野的〈不滿〉、雷抒雁的〈小草在歌唱〉、熊召政的〈請舉起森林一般的手！制住！〉、葉文福的〈將軍！你不能這樣做〉等融愛國與批判，愛族與西化指向的政治抒情詩也出現在國家詩刊上。其中大部分是獲獎作品，是詩與政治的成功結合，並第一次找到了詩與藝術的平衡。

我是母親，我的女兒就要被處決／槍口向我走來，一隻黑色的太陽／在乾裂的土地上

㉚ 江河，〈祖國啊，祖國〉（《今天》，四期，一九七九、六）。

㉛ 北島，〈回答〉（《今天》，一期，一九七八、十二）。

㉜ 北島，〈一切〉（《今天》，三期，一九七九、四）。

向我走來／我是老樹，我是枯乾的手指／我是臉上痙攣的皺紋／我和土地忍受著共同的災難／心被摔在地上／女兒的血濺滿泥土／滾燙滾燙的。（後略）

（江河，〈沒有寫完的詩〉）

中國，我的鑰匙丟了。

那是十多年前／我沿著紅色大街瘋狂地奔跑／我跑到郊外的荒野上歡叫／後來／我的鑰匙丟了。（後略）

（梁小斌，〈中國，我的鑰匙丟了〉）

這兩篇都出現於七〇年代的後期。五、六〇年代的一般化、概念化已蕩然無存，而且也擺脫了教條和格律。前一首，以緊湊的語言節奏與準確敏銳的意象貫穿，很成功地描繪出同歸於盡的母女關係；後一首雖然也屬於政治抒情詩的系列，但他用「鑰匙」來比喻傳統、民族倫理、民族魂，抒情性的展開也拋開了舊套。

七〇年代末的意象把握，一面重視想像的展開，一面破壞了緊湊的語言邏輯和時空秩序，而鋪其朦朧色調的發展，分明與五〇年代末到六〇年代初的臺灣相仿。只是大陸更偏重於選擇共同和普遍的想像，而不是陷入偏狹的個人的潛意識之中。與超現實相伴的難解性也減少很多，以至很多人評價說，大陸的朦朧詩絕不朦朧㉝。換句話說，大陸的朦朧詩與臺灣相比，比較直率，與臺灣詩因其複雜的比喻和意識構造而顯現出內層混沌現象不同，總之，見著「外現」和「內藏」的差異。

(4)八〇年代

在大陸，七〇年代末出現的一群地下詩人，八〇年代初開始了公開活動。他們以《詩刊》及《星星》、《詩探索》等國辦詩集為舞臺，展開了活躍的創作活動。

最近，新詩史家們把「新時期詩」㉞分為四段的例子很多。有人認為：一九七八年《今天》創刊之前為假詩時期；七八到七九年為朦朧詩前時期；八〇到八三年為朦朧詩進步時期；八四年以後為朦朧詩退潮時期㉟。也有人把七六年到七八年末，視為歌頌或追悼一色的「前『今天』派時期」；七八年末到八一年底，為崛起的新詩群以澎湃的批判意識和憂患意

㉝ 葉維廉，〈大陸朦朧詩的生變〉（香港，《九十年代》，一九八四、六）。

㉞ 指一九七六年粉碎「四人幫」之後到現在。

㉟ 阿吾，〈朦朧詩的進步和朦朧詩的退步與進步〉（北京，《詩刊》，一九八九、九）。

識形成有現代技巧的「今天派時期」；八二年到八六年，為以西北邊疆為素材的「西北詩群」和揚子江沿岸的「生活流」詩群構成的「後今天派時期」；而八六年至今，為脫現實、脫政治的純詩趨向，以此分為四個時期㊱。

這樣的分類大體是以《今天》雜誌的創刊，即一九七九年為界分為前後兩期。前期為五、六〇年代的延長；後期為詩的現代化、藝術化時期，是三、四〇年代現代派的繼承和臺灣六〇年代的轉移。

八〇年代的詩壇是共產政權建立以來最繁榮的時代。是保存原有風氣的同時又崛起新風氣的時代。這時的詩分為兩類：一、詩與政治結合形成的浪漫主義和現實主義的結晶——政治抒情詩及山水詩、生產詩、生活詩、軍旅詩等，為社會主義文學的主流。二、用象徵和隱喻的手法組織意象的「朦朧詩」及科學詩、圖案詩、劇詩、都市詩等，為西方詩的移植形態。

前者以許多政治詩人為主導，後者以卞之琳這樣的三〇年代現代派，辛笛、唐湜、陳敬容、杜運燮、鄭敏等四〇年代的九葉派，及北島、顧城、楊煉、江河、舒婷等的朦朧派為主導。

所謂繁榮，是指詩人家族的擴大和表現手法的多樣而言的。這一時期的詩人包括：艾青、

㊱ 沈澤宜，〈中國大陸新時期詩概要〉（上海，《臺灣文譚》，三期，一九八八、十一）。

臧克家、鄒荻帆、張志民、綠原、嚴陣等元老；公劉、李季、田間、李瑛、柯岩、雁翼、邵燕祥、劉湛秋、流沙河、趙愷、光未然、魯藜等中堅；及「今天派」詩人以外，張學夢、駱耕野、傅天琳、熊召政、楊牧、葉延濱、劉祖慈、王小妮、章德益、郭小林、徐剛、林希、李松濤、李小雨、張廓等年輕詩人。技法上，自由體及半格律體、小體詩、民歌體、口語體等形式多樣。

正如劉再復所言，八〇年代的大陸文學從「工具論」的束縛中解放出來，並發現了自己；從以「反映論」為哲學基礎的單一規範中解放出來，找到更寬廣的路；從絕對的一般化、概念化的「共性」范疇中解放出來，尋找藝術和個性㊲。

你／一會看我／一會看雲。
我覺得／你看我時很遠／你看雲時很近。

（顧城，〈遠和近〉）

我常想，多難的人生應當有張巨傘／這張巨傘應該是一片遼闊的藍天／我常想，鄭重

㊲ 劉再復，〈大陸新時期文學的基本動向〉（《中國論壇》，三〇三期）。

的生命應當有隻托盤／這隻托盤應該是一片堅實的地面／我常想，靈魂的宮殿應當有個窗口／這個窗口應該是一雙明哲的銳眼／我常想，生命的航船應當有條長纖／這條長纖，應該是遠遠的地平線……（後略）

（楊牧，〈我驕傲，我有遠遠的地平線〉）

鋼輪緊敲著我的心臟／窗外退跑著你的故鄉／山色這樣的暗藍／水色這樣的明亮／山水之間羅列著幾個村莊／灰瓦的屋舍／紅磚的院牆／門前的柳蔭／屋後的荷塘／柳絲的微風中／荷花的淡香裏／能找回你失去了的少女的時光。

（流沙河，〈蝶〉）

第一篇，是八〇年代初風靡一時的短的、思維的代表性「朦朧詩」，描述了人與自然很近，人與人之間卻那麼遙遠的專制社會下的人性；第二篇，採用民謠式的曲調，將廣闊無垠的山河與日常用品聯繫起來，譜寫了一曲浩然之歌；第三篇，是用重疊象徵的手法寫的抒情詩，使人們在一隻蝴蝶身上讀出了多情的景致。

這三篇可算是當時朦朧詩、民謠式政治抒情詩、純抒情詩的代表之作。

八〇年代的臺灣是七〇年代末出現的鄉土化、散文化、社會化的延續和發展。在那兒，又掀起融合民族化的現象，加大了兩岸同質化的可能性。

文壇上，一九七七年開始了鄉土文學的論爭，隨著新詩人們對鄉土和現實關心的增加，開始向執著于小我和象徵表現的原有現代派挑戰。一九七九年十二月，九個以上的詩社聯合推出了《陽光小集》，為具體表現詩的社會意識和抒情傳統做出貢獻。

「陽光小集」，就是八〇年代初臺灣詩壇成立的最早集團，有功於詩與民歌的結合及對政治關心的包融。從此之後，「漢廣」、「掌握」、「洛城」、「心臟」、「臺灣詩季刊」、「春風」、「鍾山」、「地平線」、「四度空間」、「象群」、「南風」、「詩友」、「曼陀羅」、「薪火」、「新陸」、「長城」、「海風」、「黃河」、「風雲際會」等[38]詩社大量出刊。這是由複雜的社會環境和以多樣化方式表現文學的要求，及兩岸接觸後的大陸傾向所導致的。

如果將八〇年代前半葉做一個綜合分析的話，大致可以看出以下五種現象，即：意識形態上，政治性的加強；主題上，思考的多元化；詩的內容形態上，都市精神的個性；情報產業的形態上，電波手段的大眾化；文化生態上，第四代詩人（一九五六年後出生的詩人）的登場[39]。

---

[38] 顧蕙倩，〈詩的浪潮洶湧——八十年代新興詩社調查報告〉（臺北，《文訊》，一九八九、六）。

除此之外，還應指出向民族意識回歸的現象。前面已經言及的，六〇年代末，為反對美國把原屬中國的釣魚島歸給日本而舉行的示威，就是刺激民族意識的第一次。之後，臺灣從聯合國的「退會」，外國資本的投資增大，「臺灣獨立運動」的擴展及對大陸訪問的渴望與實現，促進了民族意識的回歸。

這樣的民族意識、鄉土意識和在國內新抬頭的政治意識，甚至所謂「政治詩」這樣的詞匯也出場㊵，連「大中國」這樣的意識㊶也露出了。肯定「政治詩」的論者們認為：「政治詩」包括了某個階級對政權的不滿，勞動者、農民的強烈的鬥爭意識，及臺灣政治人的歷史意識和正義感，現實主義路線，明朗平易的表現技法等概念㊷。

雖然它的舞臺只局限於臺灣，它的趨勢也是非全面的，但它的形態卻十分接近大陸的「社

㊴ 林燿德，〈不安海域——臺灣地區八十年代前葉現代詩風潮試論〉（臺北，《文訊》，一九八六、八）。

㊵ 《臺灣文藝》，八十五期，（臺北，一九八三、十一）「政治詩」項目目錄。

㊶ 陳去非，〈對中國新詩總的體認〉（臺北，《地平線》發刊詞，一九八五、九）中提及「廣義的鄉土與大中國意識」。

㊷ 〈我看政治詩〉（《臺灣文藝》，八十五期）座談記錄中，葉石濤的發言。

會主義的創作路線」。

《一九八三年度臺灣詩選》（臺北，前衛出版社，一九八四、二）是以社會詩、政治詩、生態詩分類編輯的，而兩年之後的《一九八四年度臺灣詩選》的選詩原則就放在藝術性、社會性、思想性上，走出固執藝術的信仰局面。

八〇年代詩的語言和結構，明顯呈現出口語化、明朗化的現象。最近《一九八八年度臺灣詩選》的編者在導言中「指責過分的散文化和概念化是面對的形式主義的弊病。㊸」就是一個反證。尤其於一九八九年六月四日北京事件之後，臺灣詩壇的許多中堅詩人寫出了哀悼犧牲的義人，對當權者的反抗等一系列詩。從此，可以看出大陸五、六〇年代出現的「政治抒情詩」又復活並轉移的現象。

余光中的〈媽媽，我餓了！〉、洛夫的〈一塊吊在晒衣繩上的被單〉、鄭愁予的〈在冰凍的大江上〉、〈不要用淚眼看我〉、張默的〈朝天安門出發〉、葉維廉的〈我們不輕易哭〉、楊牧的〈你終將活著回來〉、楊澤的〈輓歌〉等，至今為止，表現出高水準藝術性的詩人們在急速變化的時代，緊緊擁抱政治性和實事性，卻看出與大陸「政治抒情詩」類似的風格，頗引人注目。

㊸ 張默，〈放收之間展新貌〉，《一九八八年詩選》導言（臺北，爾雅出版社，一九八九、二）。

雨落在高雄的港上／濕了滿港的燈光／有的浮金，有的流銀／有的空對著水鏡／牽著恍惚的倒影／雨落在高雄的港上／早就該來的冷雨／帶來了一點點秋意／帶來安慰是催眠曲。（後略）

（余光中，〈雨，落在高雄的港上〉）

左手被綁住且拉向東方／右手被綁住且拉向南方／左腳被綁住且拉向北方／右腳被綁住且拉周西方／四個方位／四條血液。

一陣路過的風／把他吹胖了／肚皮不斷承受捶擊／裂了一個大洞／噗它，放了一個／帶有青草味的／餿了的／響屁。（後略）

（洛夫，〈一塊吊在晒衣繩上的被單〉）

當他切開腸部／發現切開的是一堆枯菊焦黃的花瓣飄舞窮空／吹入富士山的午夜。失敗的陰影早成巨獸／噬盡自尊和榮耀／當西來之艦隊再度靠岸／麥帥的皮靴踩過素縞的泥土／踐踏亡靈踐踏歷史踐踏傳統／亡國／已非懾人的夢魘／而是如刺刀般鋒利的

事實。（後略）

（林耀德，〈日蝕〉）

上面選錄的三篇都是八〇年代後期的作品。在西歐式的理智中融合了中國情懷的余氏，在三〇年代艾青的〈雪，落在中國的土地上〉的旋律中結合了半格律調；曾一直是超現實主將的洛夫，以民謠調，諷刺了自卑自大的中國人就像一塊吊在晒衣繩上的被單；八〇年代新起之秀林氏，則用「日蝕」這一科學用語諷刺了日帝的沒落。顯現出的科學詩與政治詩結合現象的嘗試，都可以說是向傳統的回歸現象或都市精神的反映。

八〇年代的兩岸，可說是中國七〇年新詩史上最繁榮多樣的時期。在大陸，根據七九年開始的「崛起的詩群」[44]，可知「四方盒子派」、「非非主義派」、「撒嬌派」、「莫名其妙派」、「悲憤詩人派」、「極端主義派」等，中國詩壇經過一、二、三代，有六十四個詩派之多[45]。臺灣也由於急增的政治現象的餘波，諸如：產業詩、科學詩、都市詩、鄉土詩等經過四代，十分活躍。

---

[44] 徐敬亞，〈崛起的詩群〉（北京，《當代文藝思潮》，一九八三、一）。

[45] 司徒平，〈撒嬌的和不撒嬌的〉（廣州，《華夏時報》，一九八六、十二、三）。

與大陸以難解的「朦朧詩」異軍突起，增高藝術性，相反臺灣因為政治性激增而散文化、概念化增大。大陸雖然還是以自由體的政治抒情詩為主潮，但其一部分難解性甚至超過了六〇年代的臺灣㊻。而臺灣則明顯顯示出象徵主義的退潮和向大陸的回歸。

三、結　論

(1)、兩岸詩的同質化趨向

以上，我們把四〇年的分裂期分為四個時代，並分別對其代表性的作品進行了比較和考察。雖然從數十萬的詩篇中只節選了幾十篇進行論述，不甚合理，但所舉的例子都是那個時代風格的代表作品。當然，這絕不是名作的意思。

如果把四〇年的發展史壓縮的話，也可以說成是二、三個階段。可以勉強歸納為大陸的前半期是俗化，後半期是純化；而臺灣前半期為純化，後半期為俗化現象。若分為三段，則初期為兩岸的戰鬥期，中期分別為黑暗期和西化期，後期分別為現代化期和回歸期。這過去的四十年中，存在著明顯的相互交叉。初期，雖然內容不同，方法技巧上卻很類似；進入中

㊻ 余光中，〈三百作家二十年〉（臺北，《聯合報》，一九八九、五、十）。

期，則完全不同了；而到末期又可看出類似的現象。也就是說，現在——八〇年代後期，顯示出同質化的趨勢。

極端強硬的對峙雖然經過了令人感傷的三十年，但仍可以看出與今天相仿的同質化背景。我們試從以下三個方面進行分析。

一、根基深厚的文化風土和社會政治史方面。那段時期，雖然是對傳統文化的脫離和破壞，但深厚的文化底蘊仍有極大的影響，而且長期一貫奉行的「中國式社會主義」和「中國式全體主義」的餘波使兩岸具有相似的社會意識和政治機構，甚至都以統一的國號「中華」和統一的國父為媒介，一直堅持「一個中國」。

換句話說，「大中華」文化的訓導和「一個中國」的統一意識的作用，更可以把這分裂的四十年看成是遵循「分久必合」的歷史性的周期。

二、文學自身的演變和新文學精神的繼承方面。最近中國的新文學，不僅是以「五四運動」為契機突然發生的，可以肯定地說，晚明和晚清的「文學形式運動」是「五四」的前奏[47]，同時，五四精神通過二、三〇年代，建立了新文學的堅固的基礎，而且最具創造性和最活躍的時期，無疑是三〇年代。

---

[47] 任訪秋，《中國新文學淵源》（鄭州，河南人民出版，一九八六、九）。

今天兩岸詩壇的元老，都是三〇年代的詩人，兩岸詩壇的中堅是三〇年代詩人的忠實讀者，臺灣的七、八〇年代又可看作是三〇年代的間接繼承，因為臺灣的許多名詩人自認受大陸三〇年代詩人的影響。大體可以看出，洛夫是艾青、余光中是徐志摩、方思是馮至、商禽是廢名、鄭愁予是卞之琳、瘂弦是何其芳、葉維廉是辛笛、楊喚是綠原、楊牧是徐志摩的承襲。

但是，臺灣詩人們不是從越過海峽的那一天起就繼承了三〇年代，因為五〇年代是政府強硬的反共時期。三〇年代是禁區。在那段時期裡，只好用西歐化代替，但最終借了民歌的韻調，向民族的、古典的情緒回歸了。特別是學界出身的詩人中這樣的例子很多，如余光中、葉維廉、張錯、楊牧、羅青等。就余光中而言，可以看出開始從中國的格律詩出發，經過形式的現代化、精神的虛無化，最終達到新古典化、民謠風化、歷史化等的回歸，其他詩人也大致如此[48]。

三、適應急變的國內外情況方面。進入八〇年代，兩岸實質上的交流鼓吹了兩岸強烈的「尋根熱潮」和「全球意識」[49]，一九八九這一年訪問大陸的臺灣人數超過七十萬人，有力

[48] 劉褒蒂，〈論余光中詩風的演變〉（臺北，《文訊》，二十五期）。

[49] 樂黛雲，〈從世界文化交流看華文文學研究〉，《第三屆全國臺灣與海外華文文學學術討論會》，

地對以往的誤會和怨恨做了相當的消解。

這樣一來，臺灣的洛夫疾呼建立在大中華文化體系下的新的詩秩序[50]，認為兩岸詩壇不久將會統一。果然如此的話，將如距今一千四百年前，雖有南北朝的分裂，卻在政治統一之前，先有詩的同質；又九百年前，雖有金與南宋的南北分裂，而詩的統一，隨著政治的統一同來；今天兩岸詩的合匯，也許將再現歷史的軌跡。

(2)、兩岸詩的比較考察

兩岸現代詩的發展有這樣的規律。一個是：短而抒情性的內在律和長而敘事的外在律的交替現象；一個是，為民眾的義務的文學和為個人的權力的文學之交叉現象。若為民眾的外在律稱為陽，為小我的內在律稱為陰，兩岸的四十年只不過是陽盛陰萎和陰盛陽萎的過程。陰陽的變化只是環境和人為的調整，不是優劣的標準。

有的臺灣評論家指出大陸詩的論理性和敘述性比臺灣詩遜色很多[51]，有的對大陸詩的印

（福州，海峽文藝出版，一九八八）。

[50] 洛夫，〈建立大中國詩觀的沉思〉（臺北，《創世紀》，七十三、七十四期合本，一九八八、八）。

[51] 瘂弦，〈大陸文學的變貌〉（〈當前大陸文學〉，臺北，《文訊》，一九八八、七）。

象評論為：比臺灣詩落後二十年[52]。這樣的評論一般只是以臺灣詩的技巧而言的。大陸評論家也把臺灣現代詩的技巧成果誇大為「祖國詩壇的驕傲」[53]。確實，臺灣六〇年代詩，具備的心象的精度、理性的深度、言語的密度、情緒的濃度等，充實了美學的信仰。

同時，臺灣評論家對大陸詩也用發展的眼光來看。有人說，解凍以後大陸詩壇的成長具有無限廣闊的前景，其豐富的精神財產和多難的經歷如果挖掘出的話，在內容、格調、氣勢方面都將超過臺灣[54]。有的肯定大陸詩人誠實的精神面貌[55]，有的則肯定大陸詩的質樸性和生活性[56]。

大陸詩雖然存在著抽象名詞的濫用、詩句的行文式敘述、說明的重復、彈性的缺乏、現代主義的規律化等問題，但也具有質樸真摯的詩句、生動明朗的生活、韻律流動的氣勢、民歌和古典結合的民族色彩、廣闊的空間和悠久歷史培養出的慷慨精神，及大陸特有的多種素

[52] 向明，〈現代文學的困境〉（臺北，《文訊》，四十四期，一九八九、六）。

[53] 古繼堂，《臺灣新詩發展史》，第七章第一節，「臺灣現代派詩的崛起」。

[54] 同[50]。

[55] 張堃，〈讀大陸詩的一點印象〉（臺北，《創世紀》，七十三期，一九八八、八）。

[56] 張健，〈大陸新詩印象記〉（上書）。

材等長處。

進一步說，大陸的八〇年代詩，可以擬臺灣三〇年代的縮影。走過了從格律到政治，從政治到朦朧詩，從朦朧詩再到抒情的嘗試過程。可以看出從以往的唯一「完整的太陽」已經破碎狀況下的政治的詩轉向文化的詩；激情的詩轉向平淡的詩；英雄的詩轉向平民的詩等三個方面的轉移現象[57]。

大陸現在的詩壇雖然壯大，卻並不驕蠻，而且擺出學習臺灣詩長處的姿勢[58]，甚至接受它的影響[59]。臺灣雖然是個小島，卻也並不狹隘，在其報刊雜誌中，也包融大陸的詩人，甚至實現了共同文壇的局面。只是臺灣詩有強調其鄉土性而失之於狹隘的地域性；享受其經濟的富饒而失之於詩義的浮華性；追求機械化而失之於中國精神文化的迷失的趨勢。

大陸和臺灣在詩的領域已看出統一的實例。八〇年代，雖然是變化莫測的時代，但兩岸詩已經站上了同質化的軌道。

---

57 謝冕，〈完整的太陽已經破碎了——論大陸近年詩運〉（臺北，《創世紀》，七十四期，一九八八、八）。

58 流沙河，《隔海說詩》（北京，三聯書店，一九八五、二）自序。

59 無名氏，〈我的看法〉（臺北，《創世紀》，七十四期，一九八八、八）。

從兩岸當代詩，比較中國傳統文化

一、前言

詩，一向是「志之所之也，在心為志，發為詩」，但具有「美刺」、「諷諫」的作用，而其作用仍是「主文譎諫」或者「止乎禮義」的風格❶，如果通過詩歌，分析傳統意識，沒有散文那麼淺易明白，而是多由暗喻聯想，尤因現代主義的高超手法，難以捕捉準確的主題。

儘管如此，一九四九年以來的中國兩岸的政治緊張與民族分散，是空前的。兩岸之間，曾由政治之框架，裂出了文化斷層，但究竟沒丟忘母體，又沒脫離傳統文化之結構，事過四十年之後，又飽嘗幾次艱難的波折，原來的孝子，變為浪子，浪子的子女，又變為陌生的城市面孔，或者化為熾烈的叛徒。這樣一來，兩岸已顯得互相交叉的現象，但因為兩岸所標榜

❶ 均自〈毛詩序〉引用。

的政治經濟的模型與教育思惟的內容現著差異，就其擁護傳統文化的方法與應附國家民族的態度，應該說按其詩人的年輩與詩人生活的地區，詩人的社會地位，詩人的省籍情結，詩人創作的風格來，決定為強穩、早晚、合分、深淺、明晦的分別。

二、兩岸當代詩的分期

兩岸當代詩史，分得可大可細，但均以政治經濟社會等條件做為主要原因。

大陸的當代詩，大分的話，劃為前後兩期❷，而前期則從一九四九年到七〇年代中期，是詩和政治密切的年代；後期則從一九七六年到九〇年代是詩歌繁富多元的藝術年代。細分的話，可劃四期❸，如：第一期則從一九四九年到一九五六年為建國頌歌的年代；第二期則從一九五七年到一九六六年為社會主義思潮繁榮的年代；第三期則從一九六六年到一九七六年為文化大革命而詩歌空洞的年代；第四期則從一九七七年到八〇年代為就以天安門詩歌為序幕而詩歌多元繁榮的年代。但其第四期，還可細分，大致呈現三個小段落❹，如：一九七

---

❷ 洪子誠、劉登翰，《中國當代新詩史》，（北京，人民文學出版社，一九三三、五）。

❸ 二十二院校編寫組，《中國當代文學史》，（福州，福建人民出版社，一九八五、九）。

❹ 洪子誠、劉登翰，《中國當代新詩史》，第七章第一節，「八十年代新詩的歷史演進」。

六年到一九七八年底為詩創作的恢復階段，就是結束詩歌的禁錮，轉向開放，通過《今天》，引起三崛起的時期❺；再從一九七九年到一九八四年為新詩潮的階段；又從一九八五年到九○年代初為由新生代詩人推動「新詩實驗運動」，就是追求個人美學的階段。

臺灣的當代詩，亦可大分兩期，而前期從一九四九年到七○年代中期領袖逝世為止的詩受政治影響的年代；後期則從一九七六年到九○年代逐漸開放，脫離政治，回歸傳統，深入都市的詩歌自由多元的年代。細分的話，可分四期，多半以十年一輪分期；就如：分為五○年代是三民主義的反共八股期；六○年代是現代派的繁榮期；七○年代是鄉土派的崛起期；八○年代是相對的多元化時期❻；或者分為臺灣新詩的省思恢復和融合期（一九四五～約一九五五），臺灣新詩的西化期（一九五六～一九七○），臺灣新詩的回歸期（一九七一～一九八○初）以及八○年代到九○年代的當今時期❼，而筆者認為五○年代是兵火與鄉愁期，六

❺ 謝冕，〈二十世紀中國新詩：一九七八～一九八九〉（北京，《詩探索》，二期，一九九五）。

❻ 楊匡漢編，《揚子江與阿里山的對話》（上海，文藝出版社，一九九五、一二），第十章〈同源分派的理論批評〉。

❼ 古繼堂，《臺灣新詩發展史》（臺北，文史哲出版社，一九八七、七），〈緒論〉，第五節「臺灣新詩的發展進程」。

〇年代是創新與孤絕期，七〇年代是現實與自覺期，八〇年代是融會與回歸期❽。

三種說法，大同小異，只是筆者所云，包括詩歌之內容與風格，而且收容臺灣當地的看法而融會的。

三、兩岸當代詩的共相

中國文學藝術的發展，從來都受約於政治的干擾，儘管她社會內層的要求，強烈得不可堵塞，或者是局部的或者是邊緣的。如果不是社會的開放，政治的轉型，詩的禁錮免不了的。但這四十多年來，兩岸的詩在波折中能夠獲得發展，除了時運變移，收放交錯之外，是靠兩大脈流；一是連綿不絕的中華文化，與割不斷的民族情懷，尤其是「文以載道」、「憂國憂時」的中國詩歌傳統，另一使詩人又抵抗又反叛的使命感。因為這兒必有共相，甚至超過若干殊相。

第一個共相是均受政治的干擾與影響的。尤其是大陸，曾經經過五〇年代的政治啟蒙，六〇年代的政治動亂，七〇年代的上山下鄉，八〇年代的思想污染等不用贅述的。臺灣的五〇年代，呼喊反攻的戰鬥詩是火刺刺的，當大陸的詩人何其芳寫〈我們最偉大的節日〉、艾

❽ 見本書，〈臺灣現代詩三十年之發展（一九五〇～一九八〇）〉。

青寫〈我想念我的祖國〉、臧克家寫〈祖國在前進〉、田間寫〈天安門〉、賀敬之寫〈放聲歌唱〉等詩歌頌新的中國與領袖的時候，臺灣方由「中華文藝獎金委員會」，使孫淩寫〈保衛大臺灣歌〉、葛賢寧寫〈常住峰的青春〉、紀弦寫〈在飛揚的時代〉、李莎寫〈七月的信號〉、鍾雷寫〈不凋謝的老兵——歌麥帥〉、墨人寫〈哀祖國〉等詩歌頌戰士倡戰鬥志氣。但等到三大詩社（現代詩社，藍星詩社，創世紀詩社）的鼎立，那種歌頌與呼喊顯著減少，而大陸的歌頌，卻以政治抒情詩的姿態始終不減，等到八〇年代中期隨著朦朧詩形成了新生代的後崛起之後，稍見萎退。

第二個共相是詩壇上現著正，反，合的歷史趨勢。兩岸詩作，沿著政策的收放，決定她的晦明，有了一次高壓，必來一次反叛。大陸詩有了幾次高潮，一在一九五七年前後，一在一九七九年前後，一在一九八五年前後，這三次均在開放期，相反地跟著反右的波動，文革的黑暗，思想的污染的收斂期，也可以說是反叛的崛起。臺灣詩也有了幾次高潮，一在六〇年代初，一在七〇年代中期，一在八〇年代後期，這三次雖與大陸稍為異時，但是均在開放期，就是報業、黨禁、探親的開放期，也可以說臺灣對大陸堅決防守的反叛，又是退出聯合國的處變措施。這是兩岸詩應附收放的現象，只是互換時空而已❾。

❾ 許世旭，〈兩岸詩風的交互現象〉（臺北，《第三屆亞洲華文作家會議論文集》，亞洲華文作家協會，

第三個共相是兩岸詩，仍然擺不脫中國傳統儒家的歷史使命感與社會責任感，或頌揚德性，或詛咒殘暴，愛國愛族，關懷社會，毋庸諱言，這種教化責務與美刺機能，蓋來自儒家的「詩言志」、「思無邪」、「美刺」、「文以載道」、「輔時及物」、「裨補時闕」等教條。後來，大陸詩人深沈的反思，現實的參與，在強調社會功利，同時追究認識的價值，例如：孫靜軒〈一個幽靈在中國大地上游蕩〉、葉文福〈將軍，不能這樣做〉、駱耕野〈不滿〉、梁小斌〈中國，我的鑰匙丟了〉、北島〈一切〉、〈回答〉、顧城〈結束〉、〈眨眼〉、舒婷〈致橡樹〉、〈在詩歌的十字架上〉、江河〈紀念碑〉、〈我和太陽〉、楊煉〈走向生活〉、〈關於太陽〉、熊召政〈請舉起森林一般的手，制止！〉、雷抒雁〈小草在歌唱〉、丙辰〈血的啟示〉、食指〈魚群三部曲〉、芒克〈太陽落了〉、黃翔〈火神交響詩〉、〈長城的自白〉、李鋼〈經歷或過程〉、江健〈黃土地〉等七〇年代末期起出現的政治抒情詩，大多屬於此類。臺灣八〇年代初期以來，也從現實中拓寬素材，其風格為明朗，明朗的盛行，這是走入人群的大眾化現象，顯著增加，尤其一九八七年解嚴以來，無所禁忌，盡情歌唱，當然深入社會，描繪現實的了⑩，例如：余光中〈黃河〉、洛夫〈石室之死亡〉、〈邊陲人的獨白〉、〈邊界望鄉〉、商禽〈長頸鹿〉、〈鴿

一九八八、四）。

⑩ 臺北爾雅出版社印行之年度詩選，自一九八二年詩選，直到一九九一年詩選。

子〉、〈滅火機〉、瘂弦〈深淵〉、辛鬱〈豹〉、施善繼〈樣品〉、〈一戶一戶走了〉、向陽〈立場〉、〈霧社〉、鄭炯明〈隱藏的悲哀〉、〈乞丐〉、李敏勇〈焦土之死〉、蘇紹連〈自己〉、杜十三〈煤〉、白靈〈圓木〉、〈爸爸，整個中國容不下一張安靜的書桌〉、蕭蕭〈解嚴以後〉、陳義芝〈出川前紀〉、楊澤〈致獄中的魏京生〉、楊子澗〈笨筆港小唱〉等均是。這些詩，早從五〇年代末期，但以晦澀的面貌出現，而意識型態上政治取向的勃興，是八〇年代顯得增加的⓫。

第四個兩岸詩的共相是民族情懷與本土情結。大陸詩人所強調的民族情懷，是一向不變的，包括承認少數民族固有的文學與各地本土化的內容，譬如：在大陸讓維吾爾、西藏、蒙古、朝鮮族等用她文字從事文學；又如：西北，西南，沙漠地區的詩人，寫她特殊的風土一樣。至於臺灣的放逐詩人，一向是羈旅思歸的遊子文學，早從五〇年代成立的三詩社，其中《創世紀》詩刊特以主張「新民族詩型」，來強調中國文字的特徵，以表現中國民族生活，他們如斯站在縱的坐標，經過三十多年之後，仍由該詩刊的創辦人洛夫來主唱「開創大中國詩觀的沈思」⓬。

⓫ 林耀德，〈不安海域——臺灣地區八十年代前葉現代詩潮試論〉（臺北，《文訊》，二十五期，一九八六、八）。

當臺灣詩壇的一角有人主張「大中國詩觀」的時候，另一角詩壇，就是林宗源、向陽、宋澤萊、黃勁連、林央敏、杜潘芳格、黃恒秋等早從八〇年代起寫臺語詩來，發揮臺灣本土的個別性、自我目的性、民族性等⓭，而在臺灣，「關懷本土」、「臺灣意識」的出現，早在一九六四年吳濁流創辦《臺灣文藝》時，第一次將「臺灣」冠在文學雜誌上，再過幾月又創立「笠詩社」，以象徵臺灣的斗笠做為刊名。方言詩的出現，應是新生事物，但她既是個人和民族的遺產，自有在一定地域內發展的必要，自然也把她視為一種表達的工具，不該視為文學的異化現象⓮。

第五個兩岸詩的共相，是同樣有新詩潮的新生代，出現於八〇年代中期，是一九八四年到一九八六年之間。四十年來的隔膜，使兩岸的詩壇儘管裂出了斷層，停頓了步伐，但仍是短暫的，竟於八〇年代中期才合一了步趨，分久則合的歷史規律，擺在眼前，如：大陸由韓

⓬ 洛夫，〈建立大中國詩觀的沈思〉（臺北，《創世紀》，七十三、七十四期合刊，一九八八、八）。

⓭ 林亨泰，〈從八十年代回顧臺灣詩潮的演變〉，《世紀末偏航——八十年代臺灣文學論》（孟樊、林燿德編，臺北，時報文化出版社，一九九〇、一二）。

⓮ 瘂弦，〈年輪的形成——寫在《八十一年詩選》卷前〉，《八十一年詩選》（臺北，現代詩社，一九九三、六）。

東、丁當、小君、陸憶敏、王寅、呂德安、于堅、貝嶺、陳東東、孟浪、郁郁、劉漫流、唐亞平、伊蕾、西川、駱一禾、海子等新生代，或稱「後新詩潮」、「後崛起」的他們，推動詩的新探索，如：新傳統主義詩、現代史詩、整體主義詩、城市詩、實驗詩、海上詩、非非主義詩、新感覺詩、新口語詩等多元性作業，以全面確立個體主體⓯，這是他們繼著七〇年代末期崛起的《今天》派的第二群新血。

臺灣的新生代詩人，也是出現於八〇年代中期，他們「放逐者的後代」，也是出生在「狹小的海島」的詩人群⓰，持以反對現代派，並擁護傳統的立場，就是傳統與現代的溝通者，他們通過《四度空間》、《地平線》、《草根》等詩刊，寫出社會詩、生態詩、政治詩、臺語詩、錄影詩、都市詩、新文言詩、科幻詩等，以關懷他人的現實生活，遠遠超過思鄉的詩，這一點與前一代的臺灣詩人所不同的，前一代所關懷的是個人私有的生活，並非大家的。蘇紹連、馮青、杜十三、白靈、渡也、羅智成、向陽、林彧、夏宇、劉克襄、陳克華、林燿德、許悔

⓯ 洪子誠、劉登翰，《中國當代新詩史》，卷二，第十一章〈崛起的詩群（下）〉，第三節，「新詩潮的新生代」。

⓰ 簡政珍，〈由這一代的詩論詩的本體：序〉，《臺灣新世代詩人大系》（簡政珍、林燿德主編，臺北，書林出版，一九九〇、一〇）。

之等代表新世代詩人⓱，開始關懷社會現實。

四、兩岸當代詩的殊相

四十多年的離亂與動蕩不定的時局，夠使匹夫造成詩人，不僅僅是由懷念與悲涼組成感傷的審美空間，且又以悲憤慷慨的憂國憂時的情懷，做為詩人的質地，但因兩岸之客體與本體之不同，就是政治與意識形態之異，竟使詩與詩人之末枝，呈現不同的現象。

兩岸詩壇，均有成功的經驗與失敗的教訓，回顧四十多年的詩史，發現一條線索，而中國傳統文化的母體——大陸，早被破壞之後，後由後崛起的新生代探索詩人，朝傳統努力恢復，而離開母體，隔海的臺灣，卻是中國詩園中一塊肥沃的田畝，曾經一度極度西化，但不久回歸傳統，在邊緣弘揚民族文化，甚至新生代詩人，也不例外，可見四十多年的政治隔離，並不至於拋棄五千年的文化源頭。

兩岸詩的第一個殊相，是不孝的嗣子與孝順的浪子。大陸的五、六、七〇年代的詩歌幾乎在黑線專政中度過，專為社會主義而服務的詩歌，一向是敘事化、散文化、一般化、光明化的技巧，中國傳統詩的神韻，少之又少，而傳統的延伸與深化，是才從七〇年代末期卻由

⓱ 上揭書。

地下刊物湧現的青年詩人群，便以自由體表現理性與干預意識入詩，尤其被稱為「朦朧派」詩人群，諸如：北島、顧城、江河、楊煉、駱耕野、芒克、嚴力、食指、方含、黃翔、凌冰、張學夢、舒婷等的藝術風格，更是接近於傳統。他們民刊詩的技巧，運營含蓄、隱喻、象徵、通感、也打破了時空的秩序與語次的先後，以換新了老調[18]。這種崛起的詩群，再過五六年之後，再度湧現於八〇年代中期，而被稱為「第三代探索詩人」的他們的詩，爭取了傳統的均衡，就是「春風的生機」與「流火的熾烈」[19]，他們總是繼北島、顧城詩之類。

臺灣詩之傳統風格，是又鞏固又普遍的。儘管臺灣的五〇年代曾由反共八股硬塞了一段時間，並體驗過由六〇年代的強烈西化期，回到七〇年代回歸期的「極性擺動」[20]，但更多更久的嘗試，是繼承傳統。

首先臺灣新詩普遍的意象，是中國古典詩歌中常見的柳、蓮、荷、月、竹、梅、菊、松等意象，而她們所造出來的詩境，卻也是靜明、空靈的神韻，仍是中國古典詩歌的審美結

---

[18] 見本書，〈中國民辦刊物的抵抗詩風格（一九七八～一九八一）〉。

[19] 溪萍編，《第三代詩人探索詩選》（北京，中國文聯出版，一九八八、一二），〈編後〉。

[20] 李秀珊，《臺灣新詩與東西方文化精神》（天津，百花文藝出版社，一九九四、一二），第一章〈極性擺動〉。

構㉑。還有臺灣新詩普遍的主題與題材，是浪子的放逐，曾由大陸的一位詩評家評其臺灣背井離鄉的詩人的放逐詩為第一個貢獻於中國當代詩學的㉒，而其放逐源於屈原、曹植、李白等傳統詩學，難怪鄭愁予的「不是歸人，是個過客」（〈錯誤〉）一句在臺灣，相當流行的。

至於臺灣新詩的內容與技巧，也顯著濃厚的傳統色彩。譬如：臺灣早期來自大陸的詩人，善於運用田園、山水、春恨、悲秋、懷古、相思、惜時、游仙、懷鄉、黍離、生死、仕隱、性理、譏諷等傳統素材之外，傳承古題、並更新古意，很似換骨奪胎了的唐宋詩詞，不止於此，他們很會運用矛盾語法，反使新詩富於張力，或者揉合文言白話，以結合傳統和現代，諸如：周夢蝶、余光中、洛夫、鄭愁予、葉維廉、楊牧等尤其能以熔鑄新舊。更可貴的，是這種可把薪火現代化的技巧，也由蘇紹連、馮青、白靈、陳義芝、溫瑞安、楊澤、許悔之等新世代詩人試得相當成功的。

兩岸詩的第二個殊相，是大陸的含蓄化與臺灣的散文化，而這兩種不同的變化，卻似朝著兩岸文化統一整合的路子。

㉑ 上揭書，第三章〈東方意象〉，第四章〈東方神韻〉。

㉒ 楊匡漢，《詩學心裁》（西安，陝西人民教育出版社，一九九五、七），第九章〈此岸與彼岸的匯通〉，第二節「臺灣：薪火相傳之道」。

大陸自一九八四年起，走完朦朧詩之考驗與論爭之後，詩的短型簡潔化與主觀個性之抒情化，批評化的現象，一路增加，正如：一九八四年詩選㉓所說「過去奉行的政治第一，藝術第二的標準，現在理應棄之不用」，並特以強調主觀體驗；又於一九八五年詩選說「詩寫生活」，但需「土」的基礎上吸收「洋」的手法㉔；又於一九八六年詩選說「詩應當是社會生活和人民情緒的反映」㉕，因而選詩時強調現實生活的變革，又於全國性的作品精選中，綜合十年（一九八五～一九九五）而下四條結論，甚值注意，尤其此為深化改革開放十年的成績，其一，詩人的文化視角和心靈疆域是比較開闊的；其二，詩的體式，詩的表現，都在強化意象的豐富性；其三，以人格模式和人情魅力，表明了人的主題意識；其四，古典情韻與當代意識的交融㉖。

從十年詩選的序文中，獲悉大陸的新詩，越來越豐富意象，並越來越交融古典情韻。

㉓ 詩刊社編，《一九八四年詩選》（北京，人民文學出版社，一九八六、二），〈後記〉。

㉔ 詩刊社編，《一九八五年詩選》（北京，人民文學出版社，一九八六、一二），編後記〉。

㉕ 詩刊社編，《一九八六年詩選》（北京，人民文學出版社，一九八八、二），〈後記〉。

㉖ 張同吾，〈詩化進程的多彩具像——序《全國詩歌報刊十年作品精選》，《全國詩歌報刊十年作品精選（一九八五～一九九五）》（天津，百花文藝出版社，一九九五、八）。

臺灣從六〇年代初成立「葡萄園詩社」，並標舉「明朗、健康、中國詩路線」以來，已示回歸的前奏，又經過七〇年代初起由《龍族》、《主流》、《大地》、《詩人季刊》、《秋水》、《綠地》、《草根》、《詩潮》、《掌門》等詩刊，掀起回歸的浪潮，而此係鄉土的、民族的，但等到一九八四年的年度詩選，顯著增加散文化、敘述化、概念化的現象，頗有大陸政治抒情詩的趨向，後來的年度詩選中，偶有簡化字入詩，大陸詩人的作品也被選上，不僅如此，臺灣開放探親以來，臺灣詩人的記遊、詠史、懷古的詩篇漸多，這種大陸情懷的增多現象，是「歷史與現實的交會」，也是「地理與人文的結合」㉗。

總之，大陸則從散漫走向凝縮，而臺灣則從簡煉走向鬆開，似乎大陸則走出宋詩，倒回唐詩；臺灣則走出唐詩，走入宋詩。

兩岸詩的第三個殊相，是大陸在國家主義的熱火中丟了傳統與自我，而臺灣在商業主義的俗流中固執了傳統與自我。傳統的繼否，已如上述，而兩岸所求的「自我」概念卻不同，大陸所求的，是人類共通的自我，而臺灣所求的，是私人獨有的自我，一則先從他人著想，並忌諱奧秘的自我，高喊使命責任之餘，擴大到國家主義，一則先從自己著想，並關懷到社會大眾，追求真情、真實之餘，把握個人自我主義。

㉗ 李瑞騰，〈八十年的詩之主題〉，《八十年詩選》（臺北，爾雅出版社，一九九二、四），導言之二。

自從八〇年代中期以來，兩岸詩的關心，互相代變，大陸則由遠趨近，開始透照自我；臺灣則由近趨遠，已是切近現實。兩岸儘管十年來走著後現代主義，詩在資訊時代，演出後現代主義，詩在商業社會，打入消費的社會；而「後現代詩」，卻犯著減弱詩之抒情性，忽視詩之感性與意象，鋪陳空洞，虛張的文字等的毛病㉘。因而後現代詩，畢竟沒辦法減弱中國傳統詩的抒情性，意象法等深遠基礎。

五、結言

兩岸詩作，並沒有優劣之分，只是兩岸各有政府以來，詩壇也隨著分歧，經過各自為國家、政黨、領袖一連串的歌頌，同時為各走坎坷不平的道路，一直寫下反叛抵抗的詩篇。這種風格，來自源源不絕的儒家以詩「教化」、「美刺」的傳統。就是也有歌頌，也有詛咒，此為歷史使命感，社會責任感所評定的。

大陸的不少評家說，就小說的水平而言，臺灣遜於大陸，而大陸詩歌則落後於臺灣㉙。

㉘ 孟樊，〈臺灣後現代詩的理論與實踐〉，《世紀末偏航》（臺北，時報文化，一九九〇、一二），第四節「後現代詩的特徵」。

㉙ 莊向陽、彭迎春，〈大陸新詩，峰迴路轉的一九九四〉（臺北，《臺灣詩學季刊》，九期，一九九四、

繼著有一個詩論家承認臺灣詩壇，無疑是中國詩園中一塊肥沃的高產田畝，而很樂意地收為「祖國的一個組成部分」，並評定地位說「其詩的密度和整體創作成就是比較高的。」[30]，還有詩評家比較兩岸的藝術水平，說臺灣早大陸二十年的時差，就是說八〇年代大陸詩的藝術現代化，是六〇年代臺灣詩的現代主義的轉移[31]。

大陸評家，這種論據，只憑臺灣詩的藝術技巧而言，也是詩歌的脈動在海峽的兩岸，彼此映照的景象，因為臺灣六〇年代的現代主義，是大陸三〇年代的延伸復興。

兩岸詩壇，已由新生代承其衣缽，大陸的探索詩人在技巧上擁抱傳統而強悍又雄渾，臺灣的新生代詩人也在技巧上穩定重厚而收容本土化、民族化、都市化，又與大陸新生代的民族化、藝術化的結合努力融會的話，中國詩統一整合的路子，不久會展現。

一二）。

㉚ 古繼堂，上揭書，緒論二，〈臺灣新詩在中國新詩中的地位〉。

㉛ 楊匡漢編，上揭書，第六章，〈現代主義在兩岸〉，第四節「純化現代傳說」。

徐志摩的性靈自由

一、序言

就一個夭折的抒情詩人而言，很少有人像徐志摩那樣受到如此眾多的毀譽。有關徐志摩的贊譽文章曾發表過許多。有人說徐志摩是「新詩第一個十年的有產階級的代表詩人。」❶還有人說，他是「中國文壇的傑出代表。」❷，「作為中國現代詩壇的奠基人，可與五代時的李後主相媲美。」❸而左派文人或評論家則認為他是「資產派的代表性詩人」❹，「中國

❶ 朱自清，《中國新文學大系》（上海，良友圖書，一九三五），〈詩集〉、〈導言〉。

❷ 茅盾，《作家論》（文學出版社，一九三六）。

❸ 蘇雪林，《中國二三十年代作家》（臺北，廣東出版社，一九七九），第六章〈徐志摩的詩〉。

❹ 茅盾，《徐志摩論》（現代，一九三三）。

現代資產階級文學流派『新月』的代表詩人和隨筆家。」❺這樣，便將他從理念上劃定為資產階級，甚至是反動派，指責他沒有「社會性」和「人民性」。

五〇年代，他就是這樣被推上了被批判的位置。甚至在「文化大革命」深入時期的一九六八年，他在家鄉的墓地被搗毀，遺骨遭焚燒。

直到一九八三年，隨著「新時期」的到來，他的墓地，修葺一新，浙江文藝出版社與香港商務印書館，還編輯出版了他的作品集《徐志摩詩集》（全編），從而使對徐志摩的評價和研究呈現出新的局面，便湧來「徐志摩熱」。

筆者在此參考有關最新收集、整理的徐志摩全集和研究評傳，從全新的角度來研究他的詩和生平，而不敢苟同那些視徐志摩為單純的抒情詩人、極端的浪漫主義、幻想的理想主義和單純信仰的追求者等的定見。

二、生平

徐志摩於一八九七年十一月十五日（光緒二十三年，陰曆十二月十三日）酉時出生於浙

❺ 陸耀東，〈論徐志摩的詩〉，《二十年代中國各流派詩人論》（北京，中國社會科學出版社，一九八五）。

江省錢塘江北岸的海寧縣硤石鎮。其父徐申如乃是一位頗為殷實、富有的鄉紳，經營著醬油商會、私人金融業、紡織廠、紡織品商店、火力發電廠等私人企業。徐志摩雖屬庶出，但卻是家裡的獨生子❻。因此，志摩曾說，他的家庭雖很富有，但卻沒有門弟❼。從他出生到一九三一年八月十九日，他乘中國民航「濟南號」在濟南上空遇難，他那短暫的一生可分為二，如果再細分的話則可以三分，四分，五分。

如果二分的話，可以把他同陸小曼再婚的一九二六年作為分界。前期是積極的、動態的、浪漫的、理想的追求時期，後期是消極的、現實的、幻滅的、靜態的歸隱時期。前期的主要生活脈胳是：杭州府中（一九一〇～一九一五），上海浸信學院（一九一五），天津北洋大學（一九一六），北京的北京大學（一九一七～一九一八），美國克拉克大學（一九一八）、哥倫比亞大學（一九一九～一九二〇），英國的倫敦大學（一九二〇）、劍橋大學（一九二一～一九二二）等。除總共十二年的學業外，再同張幼儀的糾葛中，又維持了十一年的結婚生活。

---

❻ 陸耀東，《徐志摩評傳》（西安，陝西人民，一九八二）。顧永棣，《徐志摩傳記》（成都，四川文藝，一九八八）。梁錫華，《徐志摩新傳》（臺北，聯經出版，一九七九）。

❼ 徐志摩，《猛虎集》自序（上海，新月書店，一九三一、八）——我查過我的家譜，從永樂以來，我家裡沒有寫過一行可供傳誦的詩句。

同時，從一九二一年起還開始了其詩作生涯。一九二五年，他還主編了《晨報副刊》。他的後期生活脈絡以同小曼的再婚為中心，大致為在光華大學，南京中央大學，北京大學任教授，出版第二本詩集《翡冷翠的一夜》（新月書店，一九二七）和第三本詩集《猛虎集》（新月書店，一九三一）等，以及新月書店的開業，「詩刊」的創刊，海外旅行等。

其後期生活雖然短暫而多樣，但卻停止了對理想的追求，轉而去適應現實，表現出生活上的潦倒、精神上的隱遁和文學上的停滯。

如果三分的話，則可以把從出生到初婚的十八年算做追求純潔童心的第一個時期；把從同張幼儀結婚到與陸小曼的再婚（一九一五～一九二六）的十一年劃為追求性靈自由的第二個時期；把從再婚到遇空難（一九二六～一九三一）的五年劃為隱遁與困窮的第三個時期。這樣一分為三的時候，雖然生活上的界限很清楚，但文學上的發展脈絡則較為模糊。

如果按四分的話，文學上的發展脈絡就清晰可見了。即從出生到初婚的十八年為成長的第一個時期；從初婚到進入劍橋大學（一九一五～一九二一）的六年是求學的第二個時期；從進入劍橋大學研究生院，轉為文學專業，並與林徽音相遇，以及發表處女詩作的一九二一年至出版第二本詩集《翡冷翠的一夜》的一九二七年是他前期詩作的第三個時期；從一九二七年至遇難的四年則是其後期詩作的第四個時期。如果說，徐志摩的前期詩作是作為一種積極的追求，把戀愛、自由和美作為主題的話，那麼，他的後期詩作則是作為一種消極的旁觀，把苦惱、現實和社會作為主題。

如果五分的話，則可以上述的第四個時期中的一九二九年為界再劃分為二，即第四個時期（一九二七～一九二九）是彷徨和苦惱的時期，第五個時期（一九二九～一九三一）是向著現實覺醒和再出版的準備時期。

三、作品

一九二一年初，徐志摩在劍橋大學邂逅林徽音後，開始了他的詩歌創作生涯。❽一九三一年夏，他在《猛虎集》序言中寫道：「正是從十年前開始了寫詩」。由此可以斷定他的詩歌創作開始於一九二一年夏。他的最初詩作發表於一九二三年十二月十七日的《努力周報》上，其有〈馬賽〉和〈地中海〉兩篇。他的第一本詩集《志摩的詩》（中華書局，一九二五）❾，收錄詩作五十五篇，採用中國式線裝裝幀。只是未收錄在此之前已發表於《時事新報》的「學

❽ 陸耀東，《徐志摩評傳》，頁一三七。

❾ 《志摩的詩》再版於一九二八年，印於新月書店，其中刪掉了初版收錄的十五首詩，新添〈戀愛到底是甚麼一回事〉一篇，一共四十一篇。

燈」、《勞力周報》、《晨報》的「文學旬刊」、《晨報》的「副刊」等報刊上的〈青年雜游〉、〈情死〉等二十三篇作品，其原因不得而知。這二十三篇詩作被收錄於一九八三年由顧永棣編輯的《徐志摩詩集》（浙江文藝出版社），並以「花雨」為名，自成一輯。

第二本詩集《翡冷翠的一夜》（新月書店，一九二七、九），是為紀念同陸小曼結婚一周年而寫的，包括七篇譯詩在內，共收錄四十二篇作品。第三本詩集《猛虎集》（新月書店，一九三一、八）包括六篇譯詩在內，共收錄三十九篇作品。

第四本詩集《雲游》（新月書店，一九三二、七）在志摩去世後，由邵洵美和陳夢家蒐集遺詩而出版，包括二篇譯詩在內，共收錄遺作十三篇。

收錄於這四本詩集中的作品，包括十五篇譯作在內，共計一百四十九篇，連同一九八三年在全集中增補的「花雨」二十三篇，「創造」三十六篇（其中包括五篇舊詩），「集外譯詩」二十一篇（其中一篇是否譯作不詳），加起來總共二百二十九篇（包括三十五篇譯作，五篇舊詩和一篇詩體不明的詩作）❿，其中創作詩一八九篇或者一九〇篇，作為十年的創作成果，如果只要算數，這並不能算是豐作。

---

❿ 顧永棣於《徐志摩傳記》頁三六六中說：詩集總共七冊（疑六字之錯）二八〇篇，疑計錯統計。

四、作品思想的分析

迄今為止，對徐志摩的詩所進行的研究，比對現代詩的任何一個部分都更為活躍。但是，其研究傾向或研究結果都是以一九三一年徐志摩遇難之後，胡適、郁達夫、梁實秋等人所寫的追悼、回憶文章⓫，以及徐志摩在詩集中所寫的序言，還有在徐志摩的散文等作品中所見的自白⓬為基礎的。

過去對徐志摩的評價，大多將他視為一位理想主義的、浪漫主義的詩人、單純信仰的詩人（更具體地說，就是愛、自由和美這三種理想的單純信仰的詩人）⓭和資產階級的詩人。⓮

⓫ 胡適的〈追悼志摩〉（《新月月刊》，四卷一期，一九三二、八）、〈懷四十才的志摩〉（《宇宙風》，一九三六，一）；梁實秋的《說徐志摩》（臺北，遠東圖書，一九七六、二）等都是重要的。

⓬ 《猛虎集》自序（新月書店，一九三一），《自剖文集》「自剖」（新月書店，一九二八）等都是重要的。

⓭ 「單純信仰」一詞見於胡適的〈追悼志摩〉，後來許多評論者引用。一九三一年出版的第三本詩集《猛虎集》序中也有記載。

⓮ 茅盾，〈徐志摩論〉（現代，一九三三）。

從政治觀點出發，大陸一直將他斥為「資產階級詩人」，進入八〇年代，才轉而稱贊他的詩具有內在的社會性和藝術性。相比之下，臺灣則是一直在肯定他。對於徐志摩詩的思想性的研究，迄今大致只停留在胡適的「三種理想的單純信仰」上，對他的評價也未能打破理想主義的詩人、浪漫主義的詩人這一框框。但是，理想是相對於現實而言的，浪漫是相對於古典主義或主知主義而言的。理想是可求而不可及的，而浪漫主要是個性的、主情的。如此說來，徐志摩的詩或人生，絕不是僅僅停留在對理想的徒有虛名的追求上。他一方面把性靈和對自由、解放、生命、性感、光明、情愛等視為理想，另一方面又把它們視為一種現實。從這個意義上說，我們不應該把他看作是理想主義的詩人，而應該把他看作是實現理想的詩人。只不過他未能完成自己的理想而已。因而，徐志摩的詩或人生就是反古典、反形式、反主知的，而並非只是主情的、個性的和個人的。他對國家和社會也寄予著深切的關心並投身其中，對於社會活動也具有責任感和真情。

徐志摩所追求的理想是性靈的自由，不像「理想」主義的抽象名詞那麼曖昧不清，而是有具體的目標——「性靈」。同時，徐志摩對人生和文學的基本態度是「追求」。這種追求作為一種生命的動力，是上昇、飛翔、前進、爆發、迴轉、突破的生命之線，而絕不是後退和屈服。因此，對徐志摩的主題、方法和姿態，可以一言而蔽之謂「性靈的追求和實現」。

所謂性靈，早由袁宏道和袁枚追求，必竟說的是個人的性情，換句話這是個性是自我。「性靈」一詞由袁宏道首次在文學中借用，「任性而發」和「大都獨抒性靈，不拘格套。非從自己胸臆流出不肯下筆」的性格。⑮

「性」靈成為一種學說，始自袁枚。他主張，作為性靈之要素，一定要有「真」、「活」、「新」，即真實的情感、活潑的生命、以及新穎的內容，應杜絕「滑」、「浮」和「佻」，但也絕不反對修辭、韻律、典故和學識。⑯

如果把徐志摩詩所表現出的性靈，牽扯到中國以往的性靈觀和性靈說中去考察的話，也是不會相差的。當然，這只是根據徐志摩的詩以及他的生平，還有散文、評論、小說等資料進行分析、整理得出的結論，但這絕不意味著徐志摩是先確定了性靈說，然後才展開自己的創作和理論的。由此可知，他所追求的「理想」、「自由」、「解放」、「愛」、「生命」、「美」、「個性」、「光明」、「感情的信仰」和「和平」等，全都是性靈之所在，也是性靈體現的一種方法。

徐志摩的詩和人生的主題，離不開性靈自由的話，那麼，第一個實現的目標是愛。胡適最早在悼念志摩的同時，指出「愛」、「自由」和「美」是志摩所追求的三大理想。

⑮ 袁宏道，〈敘小修詩〉（《袁中即全集》一）。

⑯ 郭紹虞，《中國文學批評史》，七一節，〈袁枚之詩論〉。

此後，梁實秋也撰寫了〈說徐志摩〉一文，在肯定這三大理想的基礎上，進一步指出：作為這三大理想的混合體，不是別的，正是審美於女性，求愛於女性。對徐志摩來說，以愛為基石，把愛視為萬能的力量，又是生存的一大支柱，然而愛情和女性就是追求性靈的綜合概括。

收錄於《志摩的詩》中的〈這是一個懦怯的世界〉，〈我有一個戀愛〉，〈戀愛到底是甚麼一回事〉等，以及在《翡冷翠的一夜》收錄的〈偶然〉、〈決斷〉、〈起造一座牆〉等，還有《猛虎集》中收錄的〈我等候你〉等，比較明確地表現了他的愛情觀和愛的企望。

首先，他把愛視為一種主觀能動的追求，視為能耐、動力。在保障自由和解脫的靈與肉之中，唯以勇敢地冒險地奮不顧身的追求，才能以成功的堅毅的執著和熱情做為必須：

生，愛，死——
三連環的連謎，
拉動一個，
就跟著擠
（中間省去）
要戀愛，

要自由，要解脫——
這小刀子，
許是你我天國！（以下省略）

（摘自〈決斷〉）

這是一個懦怯的世界，
容不得戀愛，容不得戀愛：
披散你的滿頭髮，
赤露你的一隻腳，
跟著我來，我的戀愛，
拋棄這個世界，
殉我們的戀愛

（摘自〈這是一個懦怯的世界〉的第一節）

我有一個戀愛，——

我愛天上的明星，
我愛他們的晶瑩，
人間沒有這異樣的神明。（以下省略）

（摘自〈我有一個戀愛〉）

痴到了真，是無條件的，
上帝他也無法調回一個
痴定了心，如同一個將軍
有時調回已上死線的士兵。

（摘自〈我等候你〉）

就使有一天霹靂震翻了宇宙，——
也震不翻你我『愛牆』為的自由

（摘自〈起造一座牆〉）

在〈決斷〉中，把愛視為生與死的紐帶而先須自由和解脫，在〈這是一個懦怯的世界〉中，亦需要真情和勇氣。〈我有一個戀愛〉、〈我等候你〉和〈起造一座牆〉等均是強調了神聖性和堅定性。徐志摩的視角，一直頑強地迷信升跳和光明性。然而，這一切都是相對而言的。有了相遇、喜悅和熱情，隨而預示著離別、悲哀和冷酷；徐志摩在熱愛時，反而透過〈戀愛到底是怎麼一回事〉、〈偶然〉、〈再別康橋〉等詩篇，讀出幾分天機和達觀的理智。

我再不想成仙，蓬萊不是我的分
我只要這地面，情願安分的做人——
從此不問戀愛是甚麼一回事，
反正他來的時候我還不曾出世

（摘自〈戀愛到底是甚麼一回事〉）

我是天空裏的一片雲
偶爾投影在你的波心，——
你不必驚異，

更無須歡喜——
在轉瞬間消滅了蹤影。

（摘自〈偶然〉第一節）

悄悄的我走了
正如我悄悄的來，
我揮一揮衣袖，
不帶走一片雲彩

（摘自〈再別康橋〉最後一節）

他一方面自認為戀愛在人間現實社會中是一件尋常之事，另一方面又輕鬆地唱著愛本質上是偶然、可變的，甚至是虛無飄渺的，是一種佛家的「色即空」和道家的「逍遙」的境界。由此可見，徐志摩的「單純信仰」說並非只是單純的邏輯。對徐志摩來說，它是人生智慧和理性思考的餘韻。

但是，他的一生大致是以追求愛情做為信仰的，並在愛的實踐中具體體現了對性靈自由的追求。自從他和陸小曼再婚的兩年後，即從一九二九年起，他步入現實，才開始覺悟現實本身，而性靈性的愛情觀也在退潮。

他三十五歲時，透過一九二九年所寫的〈我不知道風是在那一個方向吹〉和〈活該〉，以及一九三一年的〈愛的靈感〉等詩作，對愛的本質呈現著動搖。

我不知道風
是在那一個方向吹——
我是在夢中，
黯淡是夢裏的光輝

（〈我不知道風是在那一個方向吹〉最後一節）

活該你早不來
熱情已變死灰。
（中間省略）
愛是痴，恨也是傻；

誰點得清恒河的沙？

（摘自〈活該〉）

現在我
真，真可以死了，我要你
這樣抱著我直到我去，
直到我的眼再不睜開，
直到我飛，飛，飛去太空，
散成沙，散成光，散成風，
啊苦痛，但苦痛是短的，
是暫時的，快樂是長的，
愛是不死的。
我，我要睡——
一九三〇年十二月二十五日午後六時完成……

（〈愛的靈感〉最後一節）

同小曼之間的美麗理想為現實所打破，他把這一幻滅比喻為「不知道風是在那一個方向吹」，把重歸現實的愛與憎都斥之為傻瓜和愚蠢。然而，在他那篇可視為絕筆的最後傑作〈愛的靈感〉中，他的信仰是依舊的。直到最終他都在追求著「愛是不死的」，他不怕散成沙散成風。這樣一看，他的一生就是在追求性靈自由，同時也是一種實踐。他對性靈自由的追求絕不僅僅停留於理想上。在他的生活中，最為人矚目，同時也招來非議的就是一次離婚和一次未成的愛，以及同有夫之婦的再婚。一九一五年，受父母之命同張幼儀結婚，七年後的一九二二年，與張幼儀離婚；一九二一年初，同林徽音邂逅；一九二五年初，同陸小曼再婚；一九三一年初，同小曼事實上分居。

在中國的封建社會尚為根深蒂固的一九二〇年代，對徐志摩，這個出生於富裕大戶中，在國學大師梁啟超的啟蒙下長大的人來說，想必是個極大的反動和悖倫。儘管如此，他還是循著「擇善固執」很有分寸地去做了。

說他很有分寸，理由如下。從一九二一年初開始，他當面，或通過書信向張幼儀表白了「自由追求」、「自由離婚」、「自由之償還自由」、「彼此重見生命之曙光」、「止絕痛苦，始兆幸福」[17]等觀點，甚至呼籲「一定要通過奮鬥和追求，去爭取真正的生命、真正的幸福和真正的愛。」結果，一九二二年三月他們在德國柏林協議離婚，並獲得張幼儀之兄張君勱的諒解⑱。離婚三年後的一九二五年，他們在柏林再次相會，不僅一同去義大利旅行，而且歸國後也曾重逢，由此可見他們之間的友誼。尤其是通過徐志摩在離婚之時贈給張幼儀的詩〈笑解煩惱結——送幼儀〉⑲，也可看出他們之間的理智處理。

如何，畢竟解散，煩惱難結，煩惱苦結。
來，如今放開容顏喜笑，握手相勞；
此去清風白日，自由道風景好。
聽身後一片聲歡，
爭道解放了結兒
消除了煩惱！

（〈笑解煩惱結——送幼儀〉最後一節）

⑰ 胡適的〈追悼志摩〉和徐志摩致張幼儀的信。（顧永棣，《徐志摩傳記》頁四五再次引用）。
⑱ 顧永棣，《徐志摩傳記》，頁二一三。
⑲ 《新浙江》的副刊〈新朋友〉（一九二二、十一、八）。

徐志摩還有一個難解之結，那就是同陸小曼的婚姻生活。志摩再婚後，與父母失和，並遭到社會的冷遇，加上失業。然而，志摩除經營管理他所主辦的「新月書店」和「詩刊」之外，還嘔心致力於他在中央大學、光華大學、北京大學的教授生活，因而受到學生的敬慕和朋友的信任。

儘管如此，志摩的最後二年正像他在一次演講中所坦言的那樣：在經濟、社會、文學和感情等諸方面都可謂「窮，窘，枯，乾」[20]。在遇難前十天，志摩爭取到北京大學英文系教授一職，但小曼迴避搬至北京，他們事實上分居了。當時小曼身患疾病，且懶惰，還偷盜、吸毒、狂躁，並患有社交癖，集諸般陋習於一身，這自然不能內助於徐志摩。胡適曾勸志摩再離婚，但志摩還是終其責任和愛。

對志摩來說，性靈的自由絕不是心目中的一種空洞的理想，他自己就是一個最好的例證。這種性靈自由具體表現在戀愛和婚姻上，對他的道德評價又自當別論。

總括他的文學的、人生的思想或內容，「追求」的姿態是他全部的象徵。「追求」是一種動的行為，包括跳躍、飛翔和前進。

---

⑳ 顧永棣，《徐志摩傳記》，頁三一一～三一七。

有的人把志摩的性靈自由解釋為熱情、勇氣和執著㉑；也有人把徐志摩的努力和探索說成是永遠的前進和永遠的探索㉒；又有人說他是「個人性靈的最高發展」㉓；還有人說徐志摩具有「燃燒性的熱情㉔」，更有甚者，稱之為具有「爆炸性熱情」的人㉕。綜上所述，其共同的一點就是以熱情為基礎的動力的表現，而絕非是靜止的或屈服的。下面還要看一看志

㉑ 嚴家炎，〈論徐志摩詩歌的藝術特色〉（《新文學論叢》，一九八三、二）：「徐志摩的抒情詩，正是以抒寫性靈為其最大特色的。……對他心目中一些美好事物熱情、勇敢、執著的追求，可以說構成了徐志摩性靈中最突出之點。」

㉒ 陳夢家，〈紀念徐志摩〉（顧永棣，《徐志摩傳記》，頁三四七再次引用）：「他的努力永不間斷，向前邁進，正如他從不失望的向生活的無窮探究。」

㉓ 陸耀東，〈論徐志摩的詩〉，《二十年代的中國各流派詩人論》（北京，中國社會科學出版社，一九八五）：「他的理想，是個人性靈得到最大自由的發展。」（對愛，自由的追求和美的享受都包括在內）。

㉔ 郁達夫，〈懷四十歲的志摩〉：「他的那股不顧一切，帶有激烈的燃燒性的熱情。」

㉕ 顧永棣，《徐志摩傳記》，頁二〇三：「志摩的性格是爆炸性的，他認定了目標，非拼個你死我活，是不肯罷休的。」

摩本人的表白。那就是一種通過詩作直接或間接的詩論，散文和評論作出的直接肯定。以下的五首詩清楚地表明了他的態度。

翹著尾尖，它不作聲，
豔異照亮了濃密——
像是春光、火焰，像是熱情

（摘自〈鸝鸝〉）

我拜獻，拜獻我胸膂間的熱，
管理的血，靈性裏的光明。

（摘自〈拜獻〉）

雁兒們在雲裏飛，
晚霞在她們身上
晚霞在她們身上

有時候銀輝，
有時候金芒。

（摘自〈雁兒們〉）

我有的只是此殘破的呼吸，
如同封鎖在壁椽間的群鼠，
追逐著，追求著黑暗與虛無。

（摘自〈殘破〉）

我願意做一尾魚，一支草。
在風光裏長，在風光裏睡，
收拾起煩惱，再不用流淚。
現在看！我這錦鯉似的跳！

（摘自〈鯉跳〉）

他把像是熱情般的翹起尾尖的黃鶯，將溫度和熱血以及光芒全部貢獻出來的獻身，在晚霞中放出銀輝，金芒的大雁，被封鎖在壁椽間，追逐著黑暗和虛無的群鼠，以及跳躍在水面上的鯉魚，比作已在追求中的性靈。

以上這些都很藝術性地間接解釋了「追求」這一字眼。下面這三首詩則是更為含蓄地表現了徐志摩的代表性作品。

假如我是一朵雪花
翩翩的在半空裏瀟灑，
我一定認清我的方向——
飛颺，飛颺，飛颺——
這地面上有我的方向。

（〈雪花的快樂〉第一節）

我騎著一匹拐腿的瞎馬，
向著黑夜裏加鞭，——

向著黑夜裏加鞭，
我跨著一匹拐腿的瞎馬。

（〈為要尋一個明星〉第一節）

「女郎，單身的女郎，
你為什麼留戀
這黃昏的海邊？——
女郎，回家吧，女郎！」
「啊不！回家我不回，
我愛這晚風吹」——
在沙灘上，在暮靄裏，
有一個散髮的女郎——
徘徊，徘徊。

（〈海韻〉第一節）

這裡所表現的素材，如雪、馬、女郎之類，雖然各不相同，但它們的背景和狀態都是一樣的。一律是漂浮或游移的狀態，一律是如天空、星星和海洋一般無際而廣闊的背景。在〈雪花的快樂〉一詩中，「瀟灑」二字象徵了某種最高內涵，那就是自由和解放。作為超越一切束縛和不平的象徵，作者選擇了雪，借雪的高潔來比喻「性靈的自由」。其他也是大體類似：永遠是可望而不可及的真實所在，那自然是愛的化身；星星也被當作一種人間的憧憬或理想，乃至冒險的對象。這也是為什麼無論在事實上，還是在藝術上，都應把〈為要尋一個明星〉作為徐志摩的代表作的原因所在㉖。

下面再通過徐志摩的散文來看看他的「追求」是怎樣的。

他在散文〈自剖〉中坦白道：「我是個好動的人。」又在〈落葉〉中說：「我是相信我的情而生活的人。」在〈迎上前去〉一文中，他又說：「我是一條解開繮繩的野生馬。」在〈再剖〉中說：「我往理性，……愛心、同情、光明、真、健康、快樂、生命的方向走。」在〈想飛〉一文中又直抒胸臆地說：「飛上天空去浮著，看地球這彈丸在太空裏滾著」。

除散文之外，他還在自己的詩集《猛虎集》序言中稱自己為「痴鳥」，或者是為星光和

㉖ 錢光培、向遠，《現代詩人及流派瑣談》（北京，人民文學出版社，一九八二），頁一九七：「一九二八年初以前的徐志摩的整個思想傾向，可以以〈為要尋一個明星〉這首詩為代表。」

月亮而謳歌的人。在他給小曼的信（《徐志摩全集》，附錄一，〈給小曼的公開信〉）中把禮教斥為「狗屁」。另外，曾經自稱在成長過程中很喜歡「天文學」的他㉗，正如他在〈想飛〉中所說一樣，喜歡鷹、禿鷲、大鵬等鳥類。在他的詩中，出現最多的是鳥、星星、月亮、馬、雲、黃昏和月夜等。這足以證明他的幻想性、生命性和新鮮性。

我們甚至還可以看出他的英雄崇拜傾向。他明明反對馬克思、列寧主義，但是有一天，當他看到蘇聯駐華公使的升旗場面之後，卻贊美了那個場面㉘。進而又贊美了列寧的英雄性㉙。這和他在〈決斷〉及〈這是一個懦怯的世界〉等詩篇中對卑鄙和軟弱加以鞭撻是一脈相承的。

徐志摩「追求」的思考與行動貫穿於他的生命的全程。他雖然在一九二九年以後所寫的〈活該〉、〈我不知道風是在那一個方向吹〉、〈兩個月亮〉、〈生活〉、〈卑微〉等作品中表現了懷疑、詛咒和失意，但在同時期的另一些作品中，如〈殘破〉、〈愛的靈感〉、〈雲游〉、〈火車擒住軌〉等，則表現出堅韌不拔、波瀾壯闊的生命性和性靈性。

㉗ 顧永棣，《徐志摩傳記》，頁二二三。

㉘ 徐志摩，〈落葉〉，《落葉集》。

㉙ 徐志摩，〈列寧忌日——談革命〉。

在〈愛的靈感〉中，他一面疾呼「愛是不能死的」，但同時又在最後一節中表示：「想睡」，暗示著終了。在〈雲游〉中又表現了「自由的逍遙」。特別是在他的絕筆之作[30]〈火車擒住軌〉中描寫了火車在暗夜中馳騁，衝破山巒和田野，衝破荒野與古剎的旺盛的脈膊。由此可見他「死而不休」的性靈追求。如：「火車擒住軌，在黑夜裡奔，過山，過水，過陳死人的墳。過橋，聽鋼骨牛喘似的叫……」。

說到底，徐志摩是一個不屈不撓的宣揚生命的信徒。正如他在〈想飛〉中所宣稱的那樣：「要飛就得滿天飛，風擋不住，雲擋不住的飛，一翅膀就跳過一座山頭，影子下來遮得陰二十畝稻田的飛。」他對這一信念一直未動搖過。

我們應該重申的是：他的生命和文學創作一直追求生命力和性靈性，就是靈肉一致。直到生命的最後一刻，他還在不斷地「飛」著。

五、思想背景

一個詩人有時往往會陶醉於火炬或理想上。追求理想而未及，遂遭幻滅，幻滅之後，轉而適應於現實，這也算是一種生活軌跡。但徐志摩似乎是有悖常理。比如說，他既有追求理

[30] 見《徐志摩詩集》（浙江文藝版），頁二九六所引用的陳夢家所寫〈紀念志摩〉。

想一直到最終的一面，也有正視現實的一面。因此，反映現實的詩篇，如那些描寫軍閥混戰中慘相的〈太平景象〉、〈大帥〉、〈人變獸〉等以及揭示下層人的生活慘景的〈先生……先生〉、〈叫化活該〉、〈誰知道〉、〈蓋上幾張油紙〉、〈一條金色的光痕〉、〈毒藥〉等作品，反而集中見於他早期的詩集《志摩的詩》和《翡冷翠的一夜》中。

反映現實題材的詩篇，多在《志摩的詩》中，可達二十篇，約占全書的三分之一。《翡冷翠的一夜》中也有十三、四篇，同樣占三分之一。這也從側面證明了徐志摩的「性靈追求」，絕非脫離現實的幻想的產物。

那麼，作為「性靈的追求」，其貫穿始終的背景和動力究竟何在呢？其背景大概可分為兩個方面；一個是生活背景，另一個是思想背景。其中，思想背景又可分為縱的背景——中國傳統的背景和橫的背景——西歐的背景。正如在前文中已經論及的：徐志摩是一位經營著許多產業的地方土豪的庶出獨生子，體質虛弱加之近視。他的性格狂放不羈，就像他在其散文〈迎上前去〉中自己所說：「我是一條解開繮繩的野生馬」。儘管如此，他的學習成績在中學時代是名列前茅的，在大學時代也同樣是出類拔萃，全部是A。

與這種天衣無縫的性格相反，一九一八年他赴美留學的當時，其專業和目標都與文學相去甚遠。他在《猛虎集》序文中曾經表示，他的最初志向是金融學，希望成為中國的漢密爾頓。此後，又曾一度改學歷史。一九二〇年渡倫敦後，又轉而學習文學。因此，一九二一年對徐志摩來說可謂既是性靈的回復，又是人生的新起點。也就是說，他除了還原文學以外，抵制了始於五年前的同張幼儀的結婚，並開始沈緬於同林徽音的戀愛，這也是志摩對他那位為了金錢和權利而同專橫的大戶張家聯姻的老父的反抗。同時，實踐了他那唯有愛情才有幸福的愛情觀。

也就是說，自從徐志摩到達他所憧憬的英國社會以後，他就把自己那自由奔放的性格，以及對父母的權、錢膜拜思想和對當時中國社會現狀的反抗，逐步轉化為更加積極。

縱的背景，可以通過他的許多詩篇得到印證。如：〈落葉小唱〉、〈滬杭車中〉、〈蓋上幾張油紙〉、〈偶然〉等詩作中，可以看到宋詞、元曲等文學性的影響，或如〈偶然〉、〈再別康橋〉中也可以看到同自然的同化、同自然的逍遙思想，這也就是中國傳統的道家、佛家的思想。此外，還直接受到當時國學大師梁啟超和極力主張自由戀愛的「新月」創始人之一的林長民影響。

橫的背景，主要是受他早期憧憬著的英國民主主義，或充盈於英詩中的浪漫主義情緒的影響。如以個人而言，大抵不外乎英國數學家兼哲學家伯特郎・羅塞爾，英國作家狄更斯，英國作家兼詩人托馬斯・哈代，英國作家愛德華・卡彭特。此外還有印度作家泰戈爾，義大利詩人兼作家丹濃雪烏等。

文學和思想的縱橫背景是比較清晰而互相調和的。這就究竟說徐志摩具有中國文人所具有的傲氣，再配合一點洋氣，是一種東西氣質的調和㉛。

從這個意義上來說，有的人把徐志摩的詩，同以纖細的想像力和美麗的音節美謳歌愛情的古代詞客相比擬㉜；還有的人把徐志摩在現代詩歌思想的地位，與古代詞史上的李後主相比擬㉝，認為徐志摩的詩是新詩的六朝體，其風格是中國文人所常見到的浪子氣質。

由於離婚，他雖曾受到中國當代最偉大的學者梁啟超的責難，但他還是一直受到梁的喜愛和關懷㉞。他那些一邊憧憬著天堂，一邊論及無常的詩文，以及他於人際關係、教育、文

㉛ 顧永棣，《徐志摩傳記》代跋：「他既有幾分洋氣，又有中國一般傳統文人的傲氣。」

㉜ 朱湘，〈評徐君《志摩的詩》〉（《小說月報》，北京，新華書店，一九二六，通卷十七號）。

㉝ 蘇雪林，《中國二三十年代作家》（臺北，純文學出版社，一九八三、十）第一篇第六章「徐志摩的詩」。

㉞ 徐志摩一九二二年八月七日致畫家傅來義(Roger Fry)的信和一九二九年三月五日致友人恩厚之(K. L. Elmhirst)的信（梁錫華編譯，《徐志摩英文書信集》，臺北，聯經出版，一九七九），致傅來義頁一一五和致恩厚之頁五六。

壇活動、交友等的誠實人格㉟，明明是受到梁啟超的以儒家思想為基礎兼用佛家思想的思想體系的影響。一九二〇年冬在倫敦，他與林長民的交往異常投合，也兼忘年之交。志摩仰慕林長民的博識、文藝和風度㊱，而且為林長民的自由戀愛之說所傾倒。這些除在志摩致林徽音的情書中，而且在他對林的懷念文章中都能發現，他的小說《春痕》，又就是林氏戀情的翻版。

作為一名人道主義、自由主義和浪漫主義的信徒，徐志摩堅決抵制專制和強權。從這個意義上來說，他是堅定的反共主義者。但同時他也批判了資本主義的剝削和搾取。然而，資本主義世界畢竟是賦與人間以自由，僅此而言他還是以為優乎獨裁政治的㊲。他進而憧憬最尊重人格的英國式的民主政治㊳，他在理性上崇敬羅塞爾最後決定離開美國去英國。也就是說，英國的民主政治和羅塞爾也成為他追求的目標。到達英國後，由於羅塞爾去了中國而未能見面，但是他卻受到了大力提倡改革，也熱愛中國特別是崇拜莊子的狄更斯的指點。又經

㉟ 方令孺，〈志摩是人人的朋友〉（《新月》，四卷，一期）。

㊱ 《徐志摩全集》，傷雙栝老人。

㊲ 梁錫華，《徐志摩新傳》，結論，頁一九。

㊳ 顧永棣，〈在康河的柔波裏〉，《徐志摩傳記》，頁六。

狄更斯介紹，他又受到了卡彭特的喜愛。不久，又在從中國回來的狄更斯的關懷下，成為他的座上常客。因此，狄更斯的浪漫的、革命的大同世界的理想，卡彭特的反傳統的自由結婚、自由離婚、回歸自然的風氣以及提倡世界政府和思想自由的羅塞爾的反資本、反共產主義的思想，都給志摩帶來了深刻的影響。

在文學上，一九二四年泰戈爾來華進行學術交流，徐志摩為其充當翻譯，從此二人結下很深的友情，以後又幾次會晤。一九二五年徐志摩赴英國訪問，對英國詩人托馬斯・哈代深表敬意，遂翻譯了十三篇哈代的詩。他還被義大利作家兼詩人丹濃雪烏的作品所感動，寫下了〈丹濃雪烏〉、〈丹濃雪烏的青年期〉、〈丹濃雪烏的作品〉、〈丹濃雪烏的小說〉、〈丹濃雪烏的戲劇〉、〈巴黎的鱗爪〉、〈濃得化不開〉等評論和隨筆。以上三人對他的文學創作產生了較深的影響。

特別是泰戈爾的哲理性短詩、神秘主義的宇宙觀、基督教與佛教相融合的色彩，還有哈代的豆腐塊兒式的格律和短詩形、對話、壓抑的心像的運用㊴；以及在丹濃雪烏的長篇小說《快樂》（玻瑰的浪漫）、《無罪者》、《死的勝利》等中展現出來的純愛論，尤其是《死的勝利》中出現的主角愛上了一位有夫之婦的耽美主義的追求，這些都對徐志摩的文學和結婚產

㊴ 羅青，《從徐志摩到余光中》，第二輯〈格律詩〉（臺北，爾雅出版社，一九七八、十二）。

生了影響。

此外，還可以看出他也受到了尼采的性靈自由和從束縛中解脫出來的思想[40]，以及英國浪漫主義詩人拜倫、濟慈、雪萊的熱情、憂鬱、歌誦大自然的特性的影響[41]。

六、結語

一般眾多的詩人，原不把理想與現實一視同仁，雖然口中肯定理想是現實的延伸，而實際上把理想看得就如鏡中花、水中月，就以為理想在過不去的彼岸。

徐志摩是集傳奇、才華、多情於一身的人。這麼多才多藝的人，通常是懶惰又飄逸放縱，但他透過人生，透過詩，始終追求、跳著一道不捨晝夜的生命水，相信總是可以達到，因而積極進取，不去懷疑，不去自卑，以為為自己創造一套神話。這種為性靈的追求，是才氣洋溢的人所見不到的，是孤獨不群的人所堅持不了的。徐志摩的人生或詩，是歸結於性靈自由的，他的目的，當然放在實現性靈自由，他相信克服人的局限性，他的追求，幾乎是神魂投射，照自己的意願，認清方向，「可以翩翩的在半空裏瀟灑」。[42]正如他的詩很自然地掌握音

[40] 徐志摩散文集《自剖》中的〈迎上前去〉。

[41] 龔顯宗，《二三十年代新詩論集》（臺北，鳳凰圖書公司，一九八二、八）〈論徐志摩詩〉。

律之處，也會準確地捕捉意象，而照樣掌握了性靈，結果能具備徐詩的三大特性，包括性靈、心象、音律等[43]。

徐詩的外形，如此整齊，與之相反，內在的也是通過性靈的追求所表現出的真實、嶄新、生命、永遠、解放、熱情等如此奔放，可見內外相涵得深切，並不可隔阻，他熱情的詩國是從現實透視理想，以實現個性，並不以為兩回事的。

---

[42] 摘自〈雪花的快樂〉，第一節。

[43] 嚴家炎，〈論徐志摩詩歌的藝術特色〉，《新文學論叢》（一九八三、二）。

聞一多詩的色彩規律

一、詩與色彩

詩，應該是美的，這不僅僅是聞一多為藝術而所追求的態度，也不僅僅是為唯美主義而所信奉的作風，且該是詩的風尚，甚至為政治需要吶喊的詩歌，也不應當放棄審美效果。

詩，為了審美，招手一切，並沒有任何限制，而色彩最是審美的材料方法之一。色彩，不僅僅是圖畫的肌膚，也是最善的表現方法，甚至是一種療養或者培育的方法。任何存在、任何形象，也可以用色彩表現，甚至季節與朝代政治，也照用色彩表現，譬如：春則黃，夏則青，秋則白，冬則黑，或者唐朝是紅色，宋朝是灰白，明朝是青色。另外據巴伯・比璉(Faber Birren)的「色彩心理」❶說法，色彩可以醫好宿症，又可以帶來幸運造福大家。

❶ Birren Faber: *Color and Psychotherapy*, Modern Hospital, August-September, 1945.

法國的波特萊爾 (Baudelaire) 於《一八四六年的沙龍》，又由帝特爾 (Diderot) 於《繪畫評論》❷均以強調色彩才能表現我們的抒情與夢，或以強調說凡是一個存在，有了色彩才能獲得生命。總之，色彩除了發揮物理、化學上的作用之外，還有心理、生理上的作用，其在詩歌上的機能，更不用說的。

色彩透過語言，涵入詩篇，她的方法，大體有三種，一則透過直接的色彩語，如白雪、紅花之類，二則儘管不見形容色彩的文字，就以描述的情況決定色彩者，如夜深、霧起之類，三則雖然沒有任何色彩的形容，就以背景與現況，間接決定某種色彩者。

二、聞詩與色彩

聞一多雖不是唯美主義者，而他是一位藝術的忠臣，始終未曾脫離唯美的藝術方法。這藝術上的唯美技巧，並不影響他思想上的愛國主義與民族主義。他一生為國家獻做鬥士，頑強不退，始終沒放棄藝術上的「單純信仰」❸。

聞一多儘管普遍運用音樂、繪畫、建築等三種美，其中繪畫之藝術效果甚於其它兩種，

---

❷ Charles Baudelaire: *in Salon de, 1846*; cf. Diderot: *Essai sur la peinture*, 1765.

❸ 許世旭，〈聞一多詩之單純信仰〉《中國語文論叢》四集，（高麗大學，一九九一）。

而繪畫之基礎與完成，仍靠色彩。色彩就聞一多而言，是詩的出發，詩的語言，詩的材料，詩的方法，詩的全貌。尤其他的處女詩集《紅燭》，充滿色彩的情調，連她詩題，即帶色彩，或暗示色彩。《紅燭》中，直接不見色彩者，〈風波〉、〈失敗〉、〈遊戲之禍〉、〈死〉、〈宇宙〉、〈記憶〉、〈國手〉、〈別後〉、〈詩債〉等十幾篇，但以描述的情況與背景說起，難以決定多少沒帶色彩。

聞一多就色彩之堅持，非常頑強，聞氏於〈色彩〉中，甚至把惜命之因，藉以愛色彩，又於〈夢者〉中，甚至說「不怕死」，其因來自那色彩鮮明的「綠晶晶的鬼火」與「墓中」、「夢」、「星光」等意象。可見聞氏強調了藝術的「選擇」❹，不肯承認現成的美，這種「藝術原則」，進而追求藝術美高於自然美。

三、聞一多詩之色彩規律

聞氏生前出版的兩本詩集《紅燭》與《死水》本身帶其鮮明的色彩，或深藏其低沉的色彩，她的色彩，大分單色的、多色的，而兩種都是強烈的印象式的。

❹ 聞一多，〈女神之地方色彩〉：「選擇是創造藝術的程序中最緊要的一層手續，自然的不都是美的，美不是現成的。其實沒有選擇便沒有藝術，因為那樣便無以鑒別美醜了。」

單色的色彩意象，實在卻少，一句一色，一節一色者，往往可找，但通篇單色者，恐僅止於〈太陽吟〉、〈廢園〉、〈小溪〉等幾篇，此為聞氏運用色彩的特點，至於多色的意象，可謂篇篇即是，篇篇強烈，就不見傳統的「隨類賦彩」❺的現狀，也不見「采采流水，蓬蓬遠春」❻的纖穠，而是詩人以自己的知覺印象描述變化，把握色彩，表現色彩時，並不圖畫式的素描，仍以挑選的方式有意識地造境。

多色的色彩意象中，最普遍的基本方法，是以對比的色彩來，製造色彩的節奏，並兩兩映襯，以爭取效果。其例較多，譬如：

這東岸底是黑暗恰是那西岸底光明的影子」（〈西岸〉）

青春像隻唱著歌的鳥兒，已從殘冬窟裏闖出來，駛入寶藍的穹窿裏去了。（〈青春〉）

一氣的酣綠裏忽露出，一角漢紋式的小紅橋，真紅得快叫出來了。（〈春之末章〉）

---

❺ 謝赫，《六法・之一》。

❻ 司空圖，《詩品・三・纖穠》。

紫穹窿下灑著些碎了的珠子《初夏一夜底印象》

喝醉了弱者底鮮血，吐出些罪惡底黑煙《孤雁》

我的鮮紅的生命，漸漸染了腳下的枯草《我是一個流囚》

栗色汽車像匹驕馬，體息在老綠陰中，瞅著他自身的黑影《晴朝》

青松和大海一，鴉背馱著夕陽，黃昏裏織滿了蝙蝠的翅膀《口供》

我把黃土輕輕蓋著你，我叫紙錢兒緩緩的飛《也許》

老頭兒和擔子摔一跤，滿地是白杏兒紅櫻桃《罪過》

這種只舉十例，但其相比之下，映襯效果，明顯可看，為了煉字，曾下工夫，為了突出某種主題，故作對比，為了和諧，謀求節奏；這種技巧也是他在暴政之下，「拍案而起」的民主鬥士的骨氣。它的直接反映。

多色的色彩意象，進一步的發展，是以五彩繽紛的色彩，來構成生動場面的回轉畫(panorama)，或者雕成玲瓏多角的七寶彩。如以音樂形容，恰是旋律，或高或低，或明或暗，她的波長，張開散發，或者收斂集中。譬如：

我將描出白面美髯的太乙，臥在粉紅色的荷花瓣裏，在象牙雕成的白雲裏飄著。
（〈劍匣〉）

黑暗好比無聲的雨絲，慢慢往世界上飄灑……，貪睡的合歡疊攏了綠鬢，鉤下了柔頸，路燈也一齊偷了殘霞，換了金花（〈黃昏〉）

九年底清華底生活，回頭一看……，是秋夜裏一片沙漠，卻露著一顆螢火，越望越光明，四圍是迷茫莫測的淒涼黑暗，這是紅慘綠嬌的暮春時節。（〈回顧〉）

黃昏時候，他們把我推出門外了，幸福底朱扉已向我關上了，金甲紫面的門神，舉起寶劍來逐我，我只得闖進縝密的黑暗，犁著我的道路往前走（〈我是一個流囚〉）

鑲著金邊的絳色的雞爪菊，粉紅色的碎瓣的繡球菊！懶慵慵的江西臘哟！倒掛著一餅蜂窠似的黃心，彷彿是朵紫的向日葵呢（〈憶菊〉）

你看太陽像眠後的春蠶一樣，鎮日吐不盡黃絲似的光芒，你看負暄的紅襟在電杆梢上。酣眠的錦鴨泊在老柳根旁（〈你看〉）

靜得像入定了的一般，那天竹，那天竹上密葉遮不住的珊瑚，那碧桃，在朝暾裏運氣的麻雀，春光從一張張的綠葉上爬過（〈春光〉）

這裡只舉七條例，她所有的語詞，帶色彩，宛如輻射現象。這是聞氏起起伏伏的，頑強意志的表現，也是聞氏波希米亞式的，浪子氣質的另一個斷面。

但聞氏這種回轉式的色彩，往往弄出鋪張式的呆板構圖，只是連鎖的外表，卻是空洞的內容，譬如：

> 花兒開過了，果子結完了，一春底香雨被一夏的驕陽炙乾了，一夏底榮華被一秋底饞風掃盡了。（〈花兒開過了〉）

> 笑出金子來了……，黃金笑在槐樹上，赤金笑在橡樹上，白金笑在白松皮上。（〈秋色〉）

> 想著祖國，想著家庭，想著母校，想著故人，想著不勝想，不堪想的勝境良朝。春的榮華逝了，夏底榮華逝了，秋在對面嵌白框窗子的……（〈秋深了〉）

> 檐前，階下，籬畔，圃心底菊花，靄靄的淡煙籠著的菊花，絲絲的疏雨洗著的菊花，……金底黃，玉底白，春釀底綠，秋山底紫，……（〈憶菊〉）

色彩在聞一多而言，已經超過了文字語言的作用。聞氏於〈色彩〉一詩中，自己可以解釋說：「生命是張沒價值的白紙，自從綠給了我發展，紅給了我情熱，黃教我以忠義，藍教我以高潔，粉紅賜我以希望，灰白贈我以悲哀，再完成這幀彩圖，黑還要加我以死。」，而這種意味，相當普遍，頗與上述幾本西洋之說法共通。

《紅燭》中，最明顯的是紅、白、黃、綠等鮮妍的色感，而《死水》中，紅白黃少見，卻增加了憂鬱的色感與理性的敘述。照聞氏自己的說法，聞氏詩中應該充滿了情熱、忠義、發展、悲哀、死亡。這是一種大幅變移，由紅至黑，由盛至衰，這種變移，可從兩本詩集中頻見的文字獲得註釋的效果。《紅燭》中頻度較高的字是紅、血、燭、火、燒、淚、熱、花、燈、光、晝、豆、狂、思、綠、青、太陽、春、秋、光明、死、月寺，由此重新肯定聞氏所追求的是生命的奔放，是一條不顧忌不遲疑的「單純信仰」。

聞一多詩的主色，是紅色，紅色象徵生命與意志，甚至意味血、犧牲、鬥爭以及混亂❼，而副色是青綠色，青綠色象徵希望與堅持，也在意味內在的憂鬱與悲傷，聞氏詩篇中，紅色加綠，或者紅色變綠的現象，相當易見，尤以《死水》為顯著。他的《死水》裡也有火焰燒得熊熊。從這紅綠合染，紅綠先後的色彩，可見他悲壯的詩心，難以掩住，甚至他憂鬱的悲

❼ Wilfred Gueria, Farie G. Laber, Lee Morgen, John R Willlugham, *A Handbook of Critical Approaches to Literature*, Harper & Row, 1979, p. 158.

劇，悄然暗示，反正聞氏喜不同色彩的對比、並列、回轉的現象，不僅是色彩的旋律化，也是複合意象的奏合，多種激情的相衝；總之色彩就聞一多而言，是強烈又高單位的語言。

一匹狼颯颯了一輩子

——諧談紀弦

一九六〇　晚秋

瑟瑟習習的深秋，我們幾個死黨陪著老朋友，擠在新公園柵邊小攤子的板櫈上，熱心聊天，痛飲薄酒。高高瘦瘦的老朋友，老是佔著不左不右的座位，坐下來自然是「出人頭地」。我們這群好飲的集團，深以為酒才是我們唯一的語言，而我們的口袋，老是那麼扁扁薄薄的，老是嘴饞、老是口渴的他，更是焦急了。斟酒時，如果不慎掉下幾滴，他立即扔掉了煙斗，便起身低頭彎腰，伸出舌頭、舔著餐桌上淋漓的酒滴；酒喝完，如果瓶底還有一分渣痕，他必把酒瓶倒過來，開始敲它的瓶底，咚咚叮叮宛如打小鼓，好認真呀！

僅僅六分醉，而我們只好各自賦歸，最依依不捨的，還是老朋友，但我們小伙子勸他回家，他絕不堅持，並去領寄存路旁的腳踏車，我還是喜歡看這一幕鏡頭——就是他的背影。

他騎的是高高硬朗的車子，除了那黑兮兮的骨幹看起來可靠之外，一副老醜模樣，但是他一上車，聳上了肩膀，還得朝空伸直右臂，像個山上摘星的少年，然後穿過棕櫚樹一排一排的街道，而且發出颯颯颯颯的風聲與輪聲。這是他給我的第一個印象。老朋友謂誰？是詩人紀弦也，是四十七歲的「一匹狼」，是一顆四十七歲的「檳榔樹」。

一九六四　早春

一個星期天，我陪紀弦遠遊基隆，事情發生在高高興興返回臺北的路上。我們的火車剛剛駛進臺北站的月台，我們還沒有下車，人潮蜂湧而上，一場僵局很難化解的時候，紀弦從我背後往前衝，他的高個兒壓倒了人，但到了車廂的門口究竟碰到了難攻的門將，一個魁梧的大漢不肯讓退。

這一剎那，老朋友霹靂般的粗話一口氣蹦出來了。不僅如此，老朋友的拳頭已經猛烈地擊到那位青年的胸脯，結果難題迎刃而解，門口豁然暢通，我們才得機下車，但紀弦的火，還沒熄滅，仍然指著那位「門將」說：「破壞秩序的人，就是人類的公敵！」，我似乎在讀著他的一首詩〈狂人之歌〉，說：「在我的生命的原野上，大隊的狂人們，哭著，吠著，咒罵著，……」。

一九六五　八月

儘管有人將我們稱之「流動酒會」的集團，而我們還會有自強活動。那天就是一伙兒人到瑞濱去游泳，當然龍頭是老朋友，而助陣的少不了商禽、楚戈、愁予、辛鬱、梅新等。我們在太平洋玩累了，大家在沙灘上躺下來，胡思亂想於海闊天空的懷抱中，而忽然聽到一句喊話聲，「朋友們！」，繼而聽見老朋友放聲長嘯。

他已經挖好了長長的沙窪，而且躺在裡面，頭腳伸直，兩隻手臂左右擺開，又長又瘦的形象，一看就是耶穌的十字架。他仰天大笑了幾遍，然後閉住眼睛，叫我們用白沙埋沒，我們幫他忙，忙手忙腳，推沙以蓋，他動都不動，努力露出安祥模樣，他那似乎衝破了人間牢籠，鑽入無限的地層，真的探索遨遊的樣子，他是一位俏皮無邪的人，一顆孩子的赤心，老是丟不掉，如果說志摩是「沒籠頭的野馬」，該說紀弦是「馴良的野狼」。

一九六七　秋

我有幸插一個腳給中國詩壇，因而分享榮譽之處也多，那年我隨中國文藝協會文藝輔導組一行訪問金門——這久已嚮往的高粱島。更令人興奮的是我們幾個酒鬼，如：紀弦、楚戈、愁予等榮幸被列入成員，這是難能可貴的一次聯袂出海的機會，尤其那邊是酒國，我們必將如魚得水。抵達戰地之後，果然每餐都有醇芳的白酒可以喝，加上當地能飲的主管，自然找我們打交道，我們軍民之間，和樂融融。

事情在我們訪問金門的第三天中午，那天恰恰是愁予的生日，主人也多敬我們幾盃，結果影響了下午的活動，致使公車耽誤若干時間。除了愁予，我們三個人，眾目環視之下，從容上車，滿座文士，唏噓四起，意見紛紛，說詩人不合作，說詩人不規矩。這個時候，老朋友站起來，先道個歉，但他的傲骨，一時難以抑住，慷慨激昂地說：「我要脫離組織！」、「詩人不是頹廢」等，他胸中的積鬱，乘機發洩。可是老朋友這一場的風波，觸發了楚戈的憤慨，楚戈竟宣言「像我這種不合作的人，應該退出訪問團！」，語畢叫司機停車，一個人翩翩下車，我們留了楚戈孤伶伶的影子給金門島大太陽的柏油路，車子隆隆地又開走了。

老朋友這種傲骨，使人憶起五〇年代「劉自然」事件，當時他不是帶領成功中學的學生跑到美國大使館去，蕭蕭颯颯地颳起了風嗎？

一九六六　初冬

我苦讀八年的留學生涯剛完成，返國前夕，特地前往濟南路紀弦的府上去告辭。其實我也是他家的常年食客，用不著什麼辭不辭。他從原來的老房子——就是曾經創刊過「現代詩」的文學史蹟搬遷並沒多久，我也順便多想了解他新的環境。這是一座四層樓的水泥新房，他的宿舍，座落於四樓，算是成功中學為這位資深的老師特別設想的。

老朋友新遷之後，除了四層樓三房一廳之外，還有一個新的發展，就是四層到樓頂的半層上，占一個一坪大的空間弄好了小小的書房，這是無視公道，蓋間違章建築。牆壁上掛著他從大陸帶來的一幅蘇州美專當時的自畫像，他在那麼狹那麼陡的地方，放個書桌，桌上擺好了許許多多的小玩意兒，自得其樂。他很得意地拉一張半舊的籐椅坐下來，自以為是王者的風度。

好戲在後，他從桌子下，摸出一包牛皮紙的東西，從他咪咪的眼神，我已經聞到了金門的氣味，我們風一樣地滾到街上去了。

一九七一　初秋

老朋友也難得走上國際化了。他跟著林語堂，飛到漢城來參加世界筆會。好高興呀！我也等到了這個日子，一個高麗棒子究竟陪這位我所敬愛的詩人，可以在自己的國土踉踉蹌蹌、歪歪倒倒地痛飲這天下的酒。尤其，老朋友與鍾鼎文在當時韓國年輕人的心目中，已經不是平凡的中國人，早從一九六七年起，韓國教育部決定選紀弦的短詩〈船〉、與鍾鼎文的〈笑〉，收入高中三年級的國文課本，因而凡是大學生或是高三同學，無人不曉。

紀弦抵韓的消息一傳出去，多所高中，紛紛找我這個譯者，請求安排一次紀弦的演講會，讓我們的同學瞻仰他。但因他忙於團體活動，不便抽出時間讓這一匹狼獨來獨往，最後我決定接受一校，就是歷史悠久的名牌女校——漢城女商。當天，我陪紀弦走進漢城女商大禮堂的時候，幾千同學之歡呼喊叫，幾乎使老朋友激動得落淚。他那天，除了親自朗誦〈船〉以外，還解答同學們問的各種有關詩與中國詩的問題。但我相信老朋友給同學們留下來的印象，是他「不朽的肖像」，是高高瘦瘦的人，啣著煙斗，曳著手杖颯颯獨行的樣子。

一九八四　初冬

那年，我應聘客座於柏克萊大學，我卜居於舊金山東灣，隔灣相望紀弦住的舊金山，我們彼此萍逢於斯，自然更是愉快。每次約會於唐人街，他總是提一個包，包裹有一本學英文的本子，而且說幾句英文亮相。走路仍然是颯颯的，飲酒仍然是貪而不讓，沒變的不止於此，他回家仍然騙他夫人說沒喝酒、變的是這匹狼，開始養蘭呢。

三民叢刊書目

①邁向已開發國家　孫　震著
②經濟發展啟示錄　于宗先著
③中國文學講話　王更生著
④紅樓夢新解　潘重規著
⑤紅樓夢新辨　潘重規著
⑥自由與權威　周陽山著
⑦勇往直前　石永貴著
・傳播經營札記
⑧細微的一炷香　劉紹銘著
⑨文與情　琦　君著
⑩在我們的時代　周志文著
⑪中央社的故事(上)　周培敬著
・民國二十一年至六十一年
⑫中央社的故事(下)　周培敬著
・民國二十一年至六十一年
⑬梭羅與中國　陳長房著
⑭時代邊緣之聲　龔鵬程著
⑮紅學六十年　潘重規著
⑯解咒與立法　勞思光著
⑰對不起，借過一下　水　晶著
⑱解體分裂的年代　楊　渡著
⑲德國在那裏？(政治、經濟)　郭恆鈺、許琳菲等著
・聯邦德國四十年
⑳德國在那裏？(文化、統一)　郭恆鈺、許琳菲等著
・聯邦德國四十年
㉑浮生九四　蘇雪林著
・雪林回憶錄
㉒海天集　莊信正著
㉓日本式心靈　李永熾著
・文化與社會散論
㉔臺灣文學風貌　李瑞騰著
㉕干儛集　黃翰荻著

㉖作家與作品　謝冰瑩著
㉗冰瑩書信　謝冰瑩著
㉘冰瑩遊記　謝冰瑩著
㉙冰瑩憶往　謝冰瑩著
㉚冰瑩懷舊　謝冰瑩著
㉛與世界文壇對話　鄭樹森著
㉜捉狂下的興嘆　南方朔著
㉝猶記風吹水上鱗
・錢穆與現代中國學術　余英時著
㉞形象與言語
・西方現代藝術評論文集　李明明著
㉟紅學論集　潘重規著
㊱憂鬱與狂熱　孫瑋芒著
㊲黃昏過客　沙　究著
㊳帶詩蹺課去　徐望雲著
㊴走出銅像國　龔鵬程著
㊵伴我半世紀的那把琴　鄧昌國著
㊶深層思考與思考深層
・轉型期國際政治的觀察　劉必榮著
㊷瞬　間　周志文著
㊸兩岸迷宮遊戲　楊　渡著
㊹德國問題與歐洲秩序　彭滂沱著
㊺文學關懷　李瑞騰著
㊻未能忘情　劉紹銘著
㊼發展路上艱難多　孫　震著
㊽胡適叢論　周質平著
㊾水與水神
・中國的民俗與人文　王孝廉著
㊿由英雄的人到人的泯滅
・法國當代文學論集　金恆杰著
51重商主義的窘境　賴建誠著
52中國文化與現代變遷　余英時著
53橡溪雜拾　思　果著
54統一後的德國　郭恆鈺主編
55愛廬談文學　黃永武著
56南十字星座　呂大明著
57重疊的足跡　韓　秀著
58書鄉長短調　黃碧端著
59愛情・仇恨・政治
・漢姆雷特專論及其他　朱立民著

⑥⓪蝴蝶球傳奇　顏匯增著
・真實與虛構
⑥①文化啓示錄　南方朔著
⑥②日本這個國家　章陸著
⑥③在沉寂與鼎沸之間　黃碧端著
⑥④民主與兩岸動向　余英時著
⑥⑤靈魂的按摩　劉紹銘著
⑥⑥迎向眾聲　向陽著
・八〇年代臺灣文化情境觀察
⑥⑦蛻變中的臺灣經濟　于宗先著
⑥⑧從現代到當代　鄭樹森著
⑥⑨嚴肅的遊戲　楊錦郁著
・當代文藝訪談錄
⑦⓪甜鹹酸梅　向明著
⑦①楓香　黃國彬著
⑦②日本深層　齊濤著
⑦③美麗的負荷　封德屏著
⑦④現代文明的隱者　周陽山著
⑦⑤煙火與噴泉　白靈著
⑦⑥七十浮跡　項退結著
・生活體驗與思考
⑦⑦永恆的彩虹　小民著
⑦⑧情繫一環　梁錫華著
⑦⑨遠山一抹　思果著
⑧⓪尋找希望的星空　呂大明著
⑧①領養一株雲杉　黃文範著
⑧②浮世情懷　劉安諾著
⑧③天涯長青　趙淑俠著
⑧④文學札記　黃國彬著
⑧⑤訪草（第一卷）　陳冠學著
⑧⑥藍色的斷想　陳冠學著
・孤獨者隨想錄
⑧⑦追不回的永恆　彭歌著
A・B・C全卷
⑧⑧紫水晶戒指　小民著
⑧⑨心路的嬉逐　劉延湘著
⑨⓪情書外一章　韓秀著
⑨①情到深處　簡宛著
⑨②父女對話　陳冠學著

⑼ 陳冲前傳　嚴歌苓著
⑼ 面壁笑人類　祖　慰著
⑼ 不老的詩心　夏鐵肩著
⑼ 雲霧之國　合山　究著
⑼ 北京城不是一天造成的　喜　樂著
⑼ 兩城憶往　楊孔鑫著
⑼ 詩情與俠骨　莊　因著
⑽ 文化脈動　張　錯著
⑽ 桑樹下　繆天華著
⑽ 牛頓來訪　石家興著
⑽ 深情回眸　鮑曉暉著
⑽ 新詩補給站　渡　也著
⑽ 鳳凰遊　李元洛著
⑽ 文學人語　高大鵬著
⑽ 養狗政治學　鄭赤琰著
⑽ 烟　塵　姜　穆著
⑽ 河　宴　鍾怡雯著
⑾ 滬上春秋　章念馳著
⑾ 愛廬談心事　黃永武著
⑾ 吹不散的人影　高大鵬著
⑾ 草鞋權貴　嚴歌苓著
⑾ 是我們改變了世界　張　放著
⑾ 夢裡有隻小小船　夏小舟著
⑾ 狂歡與破碎　林幸謙著
⑾ 哲學思考漫步　劉述先著
⑾ 說涼　水　晶著
⑾ 紅樓鐘聲　王熙元著
⑿ 寒冬聽天方夜譚　保　真著
⑿ 儒林新誌　周質平著
⑿ 流水無歸程　白　樺著
⑿ 偷窺天國　劉紹銘著
⑿ 倒淌河　嚴歌苓著
⑿ 尋覓畫家步履　陳其茂著
⑿ 古典與現實之間　杜正勝著
⑿ 釣魚臺畔過客　彭　歌著
⑿ 古典到現代　張　健著
⑿ 帶鞍的鹿　虹　影著
⒀ 人文之旅　葉海煙著

⑬¹ 生肖與童年　小　民著
⑬² 京都一年　林文月著
⑬³ 山水與古典　林文月著
⑬⁴ 冬天黃昏的風笛　呂大明著
⑬⁵ 心靈的花朵　戚宜君著
⑬⁶ 親　戚　韓　秀著
⑬⁷ 清詞選講　葉嘉瑩著
⑬⁸ 迦陵談詞　葉嘉瑩著
⑬⁹ 神樹　鄭　義著
⑭⁰ 琦君說童年　琦　君著
⑭¹ 域外知音　張堂錡著
⑭² 遠方的戰爭　鄭寶娟著
⑭³ 留著記憶・留著光　陳其茂著
⑭⁴ 滾滾遼河　紀　剛著
⑭⁵ 王禎和的小說世界　高全之著
⑭⁶ 永恆與現在　劉述先著
⑭⁷ 東方・西方　夏小舟著
⑭⁸ 嗚咽海　程明琤著
⑭⁹ 沙發椅的聯想　梅　新著
⑮⁰ 資訊爆炸的落塵　徐佳士著
⑮¹ 沙漠裡的狼　白　樺著
⑮² 風信子女郎　虹　影著
⑮³ 塵沙掠影　馬　遜著
⑮⁴ 飄泊的雲　莊　因著

⑮⑤ 和泉式部日記

林文月 譯・圖

本書為日本平安時代文學作品中與《源氏物語》、《枕草子》鼎足而立的不朽之作。書中以簡淨的日記形式，記錄了一段不為俗世所容的戀情。優美的文字，纏綿的情詩，展現出愛情生活中細膩的起伏感受與歡愁，穿越時空，緊扣你我心弦。

⑮⑥ 愛的美麗與哀愁

夏小舟 著

愛情之於女人，常常是引誘飛蛾撲火的明燈，是絢麗的毒花，可女人偏偏渴望愛情。作者列舉許多男女的愛情、婚姻故事，郎才女貌未必幸福，摯情摯愛未必有緣，只是男人與女人之間如同萬物的規則，一物降一物，鹵水點豆腐，魔高一尺，道高一丈。

⑮⑦ 黑　月

樊小玉 著

丁小玎隨著所在的中國公司到國外做勞務承包。因為是公司的英語翻譯，加上辦事勤快，見了人又總是一個柔柔和和的笑，於是很快就引起當地大部分男人的注意；而小玎能否在心儀的外交人員與愛慕自己的餐廳老闆間找到最後情感的歸宿？……

⑮⑧ 流香溪

季仲 著

作者透過一群「沿江吉普賽人」在流香溪畔發生的動人故事，牽引出現代觀念與傳統文化的價值矛盾、中日文化的碰撞衝突、人與自然的挑戰，以及善與惡的拉扯等；全書行文時而如行雲流水，時而又如波濤洶湧，讀來意趣盎然，發人深省。

⑮⑨ 史記評賞

賴漢屏 著

司馬遷《史記》一三〇篇，既是「究天人之際，通古今之變」的史學鉅著，也是我國古代傳記文學的精華。本書作者自幼即喜讀《史記》，從師學習，如今蘊藉已深，以其深厚的治學基礎，發為見解獨具的文采丰華，帶領讀者一探《史記》博雅的世界。

⑯⓪ 文學靈魂的閱讀

張堂錡 著

文學的力量使孤寂的心靈得到慰藉，貧乏的人生變得富有，唯有肯駐足品味的人才能透晰其所傳達出最深藏的祕密。本書共分三輯，窺視文學蘊含的殷情深意；感受其求新求變以及對大環境的價值。各自激發不盡的聯想與深沈的感動。

⑯① 抒情時代

鄭寶娟 著

在平淡無奇的生活中，你可曾留意生命中點點滴滴不平凡的小故事？作者以其平實的筆觸，刻劃出看似平凡卻令人難以遺忘的人生軌跡，你我都可能身在其中。書中情節所到之處，或許平凡、或許悲傷，但卻也不時充滿著生命的躍動，值得細細體會。

⑯② 九十九朵曇花

何修仁 著

人生有多少夢境會在現實中重複出現？是山間的樵歌？白雲間的群雁？還是昔日遠方純樸、悠閒的鄉間漫步？作者來自屏東，以濃郁深摯的筆調，縷縷細述人生中最動人的記憶，伴隨你我，步履於南臺灣的舊日情懷，一同感受人間最純摯的情感。

⑯③ 說故事的人

彭歌 著

這是作者多年來觀察文壇、社會與新聞界的肺腑之言。輯一故事與小說自不同角度探討小說寫作；輯二人與文刻劃出許多已逝人物卓然不凡的風範；輯三海外生涯則寫遊記、觀賞職籃等旅居海外之觀感。讀了此書，彷彿親身經歷了一趟時空之旅。

⑯④ 日本原形

齊濤 著

從明治維新以來，日本的一舉一動都對世界有著深遠的影響，尤其對臺灣來說，其影響更是巨大。作者長期旅日，摒除坊間「媚日」或「仇日」的論調，以客觀的描述，剖析日本的現形。對想要了解日本時勢與脈動的人來說，是不得不看的一本好書。

⑯⑤ 從張愛玲到林懷民

高全之 著

作者以嚴謹誠虔的態度，客觀分析的筆調，來評論臺灣當代小說，深深讓讀者了解近代文學的特點，進而深入九位作者的作品中，提供一些深刻的創見，帶領你我欣賞文學的美與實，進而體驗文學對生命喜悅、悲哀等生動的描述。

⑯⑥ 莎士比亞識字不多？

陳冠學 著

莎士比亞識字不多！一直以來被誤認是個偉大的作者。讀過本書，應能還莎士比亞一個清白，他絕對不是一個掠美者。這把聖火在臺灣重新點燃，希望將來這聖火能夠由臺灣再度傳回英國，傳到世界各地，也好讓莎士比亞的靈魂得到真正的安息。

⑯⑦ 情思・情絲

龔華 著

「妳，像野薑花；清香，混合在黎明裏，催我甦醒。沒有妳，我睜不開眼睛，走進陽光的世界。她，是我在黃昏裏，永遠踩不到的影子。像夜來香，惑我走進黑夜的濃郁……」本書集結了龔華在〈中副〉發表的散文，篇篇情意真摯，意境深遠，值得細細品味。

⑯⑧ 說吧，房間

林白 著

一個是離婚、失業的中年婦女，一個是愛熱鬧的單身貴族。兩個背景、個性迥然不同的女子，為何會發展出一段患難與共的交情？且看兩個女子的心情告白。本書在作者犀利細膩的筆調下，深刻描繪出都會女子的愛恨情仇、悲歡離合，值得細細品味。

⑯⑨ 自由鳥

鄭義 著

六四事件的悲憤情緒才剛平復，對八九民運功過的批判聲音竟已隨之響起。對此，大陸流亡作家鄭義，以一幕幕民運歷程與鐵幕紀實，申訴著他的心痛與不平。文中流露對同胞的關懷和自由的嚮往，深深地牽引著每一個中國人心中的沈痛與感動。

⑰⓪ 魚川讀詩

梅新 著

詩是抒情的天堂，但並非每個人都能領會其中的意涵。本書是梅新先生的遺作，首創以雜文式的筆調評論詩作，不依恃理論，反而使篇章更形活潑，有就事論事的評述，也有尖銳的諷喻，語帶機鋒，趣味盎然。引領您一窺知性與感性的詩情世界。

⑰ 好詩共欣賞

葉嘉瑩 著

本書作者葉嘉瑩教授，融會西方接受美學、符號學及中國詩論，來解讀陶淵明、杜甫、李商隱的作品，分析了三人作品的形象、情意和其中所含的隱微深意，並從興發感動讀者的角度來詮釋作品的成功與否，是喜愛古典詩的讀者不可錯過的好書。

⑰ 永不磨滅的愛

楊秋生 著

現代人的生活壓力大，使得人生危機四伏，生活充滿徬徨、疲倦和無力感。如何化解此一危機？作者以多年學佛的體驗，以及和家人朋友互動的點點滴滴，而了解到愛的真義，並希望能將愛分享給每個人，以重燃信心和希望。

⑰ 晴空星月

馬遜 著

大崙山上，晴空萬里，夜色如銀，星月交輝。作者因佛緣，追隨曉雲法師的步履，出掌華梵大學，以發揚佛教教育為己任。本書除叮嚀青年學子的話語外，還有對社會大眾闡發佛法精神的演講。其智慧的話語，如醍醐灌頂，為淨化心靈的一帖良方。

⑰ 風 景

韓秀 著

韓秀，一個出生於紐約，卻長年往返於世界各地的奇女子。在雅典、在開羅、在布達佩斯、在臺北、在高雄、在北京，作者皆能以其敏銳的心觀察她所造訪過的每一寸土地，以其向具纖細的筆觸，使一幅又一幅的動人「風景」躍然出現在您的面前！

⑰⑤ 談歷史　話教學

張元　著

作者以二位高一新生對歷史課程的困惑為引子，藉著師生座談對話的方式，從北京人時代到西晉，針對高中歷史教材，試圖以「史料閱讀」的方法鮮明地建構各代的歷史圖像，在活潑的對白間既談歷史意涵又話歷史教學，相當適合高中教學的參考。

⑰⑥ 兩極紀實

位夢華　著

任何人想要親臨兩極之地恐怕都不是件容易的事。作者因從事研究工作之便，足跡跨越兩極，將在極地所見所聞之動物奇觀、自然景致乃至當地所受文明衝擊，或以幽默輕鬆，或以深沈關懷的筆調娓娓道來，是無緣親至極地的讀者絕不可錯過的佳作。

⑰⑦ 遙遠的歌

夏小舟　著

世上只有兩種人，男人和女人。然而男女之間的恩愛情仇，卻糾葛難解。本書作者以一篇篇幽默的短篇故事，道盡世間男女的愛恨嗔痴。在她細膩委婉的筆下，愛情的本質和婚姻的面貌都一一呈現，必可帶給你前所未有的感受與體悟。

⑰⑧ 時間的通道

簡宛　著

「人生，是一條時間的通道，每一個人所走的方向和目標雖然不一樣，但是經過的路程卻是相似的……」當人們沈溺於歲月不待人的迷茫和感嘆時，作者平實的筆調將帶著我們對生活多用一點心思和一點執著，會使我們的「通道」裏，留下一點痕跡。

⑰ 燃燒的眼睛

簡宛 著

作者以自身多年來在美國的異域生活為背景，輔之敏銳的觀察力、豐富的情感、濃郁深摯的筆調，從而幻化出一篇篇感人肺腑的故事。尤其對於旅居海外異鄉遊子們的心境描寫更是深刻動人，是一本值得再三玩味的小說。

⑱ 月兒彎彎照美洲

李靜平 著

沒來美國時還不知那生活啥款；來了才知樣——啊！真夭壽！ 來到美國，是穿梭在黑白紅黃人群間；或在房裡看華語電視？是在壁爐邊吃耶誕大餐；還是窩伴著一桌熱火鍋？在忙碌的陽光下，可想起夜空裡一彎新月？月兒彎彎，訴說的又是誰的故事？

⑱ 愛廬談諺詩

黃永武 著

諺詩，是指用諺語聯成的詩，由於聯接巧妙加上意外組合，因此往往會有不可料想的妙趣出脫。如捉豬上板橇，走馬看天花；成人不自在，做鬼也風流，等等。本書將帶你悠遊中國式幽默，探索諺語的源頭，喜愛好書的你，可千萬不能錯過！

⑱ 劉真傳

黃守誠 著

劉真，一位自四十年代開始影響國內教育最鉅的教育家。本書自劉真先生家學淵源寫起，隨著時間軌跡，記錄了他如何在風雨飄搖的年代裡為教育此類百年大業做出努力；因此雖然本書為劉真先生個人傳記，卻同時也是了解現今教育體制的最佳參照。

⑱③天涯縱橫

位夢華 著

以兩極生態氣候的研究為基礎，作者建構了此書的論理與想像世界。內容從極地景致、開拓艱辛及天文物理觀念，引申至有關宇宙天人及環保的許多想法，包容科學與文學，兼具知性與感性。讓您在詼諧而深切的筆調中，激發對地球的關懷與熱愛。

⑱④新詩論

許世旭 著

中國詩歌，無論新舊，是一座甘泉，若不掬飲，口渴神焦，……。作者係韓國人士，長年沈浸在中國文學之中，對於在中國新詩的源起及兩岸新詩風格的異同，均有獨到而精闢的見解。是讀者拓寬視野，更深入了解中國新詩之發展所必備的好書。

⑱⑤天 譴

張 放 著

「一不埋怨天，二不埋怨地，只是咱家命不濟，生長在這亂世裡。」于祥生，一位山東流亡學生，民國三十八年隨政府搭乘濟和輪來到澎湖，卻萬萬沒料到會遭逢一場史無前例的政治騙局，他的人生、情愛就在這時代悲劇與宿命的安排下，無奈地上演。

⑱⑥綠野仙蹤與中國

賴建誠 著

一本融和理性與感性的著作，以經濟分析的專業素養，將關懷的筆觸，延著供需曲線帶進閱讀的天空。那一篇篇翔實的數據，是驗證生活的另一種形式；那一篇篇雋詠的小品，則是理性思維的靠墊。不管你來自士農工商，本書都能提供一場知性洗禮。

⑱⑦ 標題飆題

馬西屏　著

一個出色的報紙標題不僅要精簡準確地傳達新聞訊息，更要能表現文字的優美和趣味，這可是一門藝術。近年來報紙解禁，各種充滿巧思創意的標題紛紛跳上版面，等著要攫取你的注意。小心！一場報刊標題的革命正在編輯枱上悄悄進行……

⑱⑧ 詩與情

黃永武　著

詩以情為主，作者長期浸淫於古典情詩，擷採珠玉，編綴出男女的愛情、家人的親情、入世的世情與出世的忘情種種世態人情。文中所引，首首如新摘茶筍，簇新可喜，且解說精要，切緊詩旨，能帶給您全新的視野與怡然的感受。

國家圖書館出版品預行編目資料

新詩論／許世旭著.--初版.--臺北市：
三民，民87
面；　公分.--(三民叢刊;184)
ISBN 957-14-2881-7（平裝）

1.中國詩-評論

821.866　　87005768

網際網路位址　http://www.sanmin.com.tw

著作人　許世旭
發行人　劉振强
著作財產權人　三民書局股份有限公司
臺北市復興北路三八六號
發行所　三民書局股份有限公司
地　址／臺北市復興北路三八六號
電　話／二五〇〇六六〇〇
郵　撥／〇〇〇九九九八——五號
印刷所　三民書局股份有限公司
門市部　復北店／臺北市復興北路三八六號
重南店／臺北市重慶南路一段六十一號
初　版　中華民國八十七年八月
編　號　S 81083
基本定價　叁元捌角
行政院新聞局登記證局版臺業字第〇二〇〇號

ISBN 957-14-2881-7（平裝）